Hora de siesta

Pearson Educación S.A.
Ribera del Loira, 28
28042 Madrid
www.pearsoneducacion.com

EAlhambra es un sello editorial autorizado de Pearson Educación

ISBN-10: 84-205-5169-4
ISBN-13: 978-84-205-5169-2
Depósito Legal: M-33.646-2012

Impreso en España - *Printed in Spain*

Este libro ha sido impreso con papel y tintas ecológicos

Pilar Molina Llorente

Hora de siesta

PEARSON
Alhambra

Madrid • Londres • Nueva York • San Francisco • Toronto • Tokyo • Singapur • Hong Kong
París • Milán • Munich • México • Santafé de Bogotá • Buenos Aires • Caracas

Al recuerdo de Tito,
Villa Violeta y su torreón mágico.

I. Primera noche en San Carlos

La pesada verja de San Carlos se abrió despacio con un chirrido largo. Un hombre enorme con la cabeza metida entre los hombros gruñó una palabra de saludo mientras sujetaba por el collar un fornido pastor alemán.

—¿Qué tal, Romulón? —saludó Hugo por la ventanilla del coche mientras atravesábamos la puerta.

El hombre no contestó y, desde la ventanilla trasera, pude ver cómo cerraba la verja y desaparecía, arrastrando los pies y el perro, en una casita adosada a la tapia.

Cuando volví la cabeza vi la mansión por primera vez. Era una casa de tres pisos con un torreón de pizarra coronado por una veleta en forma de dragón. En los cristales del piso alto se reflejaba en naranja la puesta de sol.

—¡Eh, Carlitos! Hemos llegado.

Mi madre intentaba despertar con cuidado a mi hermanito, que se había quedado dormido a mi lado, con la cabeza apoyada en el brazo de su sillita de viaje.

Antes de que Hugo parase el coche frente al porche, dos mujeres nos salieron al encuentro. Una era muy joven, casi una niña. La otra, mayor, muy delgada, con un precioso delantal blanco adornado con jaretas, vainicas y volantes que le cubría casi todo el vestido, se acercó sonriente.

—Déjeme, señora —le dijo a mi madre mientras cogía a Carlitos de sus brazos—. ¡Dios mío! Cómo se parece a Hugo... Tiene su mismo pelo, los ojos, los hoyuelos...

La miré asombrada. ¿Cómo que se parecía a Hugo? Carlitos tiene el mismo tono dorado de los ojos de mi madre y su pelo, como el mío, es castaño y lacio. Tal vez tuviera razón en los hoyuelos. Aquellos dos pocitos a los lados de la boca que tanto costaba limpiar cuando se llenaban de chocolate, sí eran de Hugo.

El niño pasó de los brazos de mamá a los de Nani sin un gesto. Se apoyó en su hombro y siguió durmiendo.

Hugo descargó las dos maletas y la otra mujer se acercó para llevárselas. Entonces conocí a Petra.

—Deja ésta —le dije—. Es la mía. Yo la subiré.

—No, señorita. Tengo que hacerlo yo.

—Es mi maleta. Puedo con ella y yo la subiré —insistí.

—Es mi trabajo —respondió con sus ojos negros centelleantes y la voz tragada—. Tengo que hacerlo yo.

No me atreví a contrariarla. Era una chica muy joven con una horrible bata gris rayada y el pelo, rizado y muy abundante, recogido en una coleta que amenazaba con liberarse a cada movimiento de su cabeza. Desapareció, cargando las dos maletas, en la oscuridad del vestíbulo.

Me sentí incómoda. Mamá y yo nunca hemos tenido servicio. Si acaso, una asistenta cada tres meses que se ocupa de lo «gordo» de la limpieza general que suele hacer mi madre. Y no es propiamente una persona de servicio. Es Reme, la prima de la portera, que nos cuenta todas las desgracias y los cotilleos del barrio mientras saca brillo a los azulejos del baño. No me gusta que me sirvan. No soporto que nadie haga mis tareas y mucho menos que se ocupen de mis cosas. Me gusta sentirme autosuficiente. Ya tengo dieciséis años, no soy una niña.

Hugo me sacó de mis reflexiones.

—Casandra, mi madre ya se ha retirado, pero nos recibirá en su habitación.

Recordaba a doña Carola del día de la boda de mi madre. ¡Uf!, ya habían pasado tres años. Fue el único miembro de la familia de Hugo que asistió a la boda. Los demás parientes dieron mil disculpas. No aceptaban que se casase con una mujer mayor que él y divorciada, y a juzgar por el gesto agrio y la actitud distante de aquella señora, ella tampoco lo aceptaba; pero asistió a la boda de su hijo.

La casa olía a madera, a fruta y a polvo. Me extrañó el silencio. Según me había contado Hugo, todos los años y durante el mes de julio, doña Carola se quedaba con sus nietos en aquella enorme casa para que sus hijos tuvieran un mes de vacaciones sin niños. Contando a Carlitos, aquella señora tenía catorce nietos. ¿Dónde estaban? ¿Cómo podía mantenerlos tan silenciosos a las nueve de la tarde?

La habitación de la señora estaba en la planta baja. Ocupaba una esquina del edificio con dos ventanales vestidos con cortinas de terciopelo que se asomaban a la parte trasera de la casa, la que daba a la calle. Doña Carola estaba sentada en su sillón de orejas con los pies sobre un escabel muy desgastado. Tenía encendido un pequeño televisor casi sin sonido, pero estaba más atenta al periódico, que dejó caer en sus rodillas al oírnos entrar.

—Pasa, hijo.

Hugo, mamá y yo entramos despacio, como si al traspasar la puerta fuese a saltar una alarma. Hugo besó a su madre.

—Marina. ¿Cómo estás? —dijo al vernos.

Mi madre también la besó y luego tiró de mí para situarme frente a la señora.

—¿Recuerda a Casandra?

—¿Cómo olvidarla? —preguntó la señora mirándome de arriba abajo—. ¿Has aprobado con buenas notas?

—Por supuesto —respondí molesta. No era mi abuela. ¿Qué le importaban mis notas?

—Todas las mañanas viene un profesor para ayudar a los chicos —dijo dirigiéndose a mi madre—. Este año ha sido un desastre. Enrique ha perdido el curso. Jaime tiene dos asignaturas. Carolina lleva muy flojas las de lengua... Algunos de los pequeños necesitan repaso. En fin, que si la niña necesita algo, sólo tiene que hablar con el profesor.

—Casandra sólo necesita descansar. Es buena estudiante y muy responsable.

Agradecí a mamá su defensa. ¡Sólo faltaba que también tuviese que estudiar!

—Aquí lo pasará bien. ¿Y el pequeño?

Mamá le dijo que había llegado dormido y se perdieron en detalles sobre la personalidad de Carlitos y sus costumbres.

Tenía hambre. Habíamos merendado pronto y ya ni siquiera me acordaba del bocadillo y el zumo que había compartido con mi hermano dentro del coche. Sobre la mesilla, junto a la cama, había una caja de bombones abierta pero... ¿quién se atrevía a coger uno? La mesilla era un caos. No sólo estaba la caja de bombones de licor, también había un rosario, un libro de oraciones, una palmatoria con su vela, tres fotografías enmarcadas, un vaso de agua cubierto con un pañito, tres frascos de medicinas, un fanal con flores secas, un paquete de pañuelos, un cuaderno forrado de piel, dos bolígrafos... Toda la habitación estaba rebosante de cosas. Fotos y oscuras pinturas decoraban las paredes. El armario, de seis puertas, parecía querer atacar a quien se acercase, con sus tiradores de bronce. La cómoda, cubierta de fotos y frascos, enseñaba su enorme barriga. Las dos estanterías apenas soportaban los libros. En un rincón, entre los dos ventanales, una enorme planta de hojas como manos se agachaba rendida ante el enorme crucifijo que presidía la cabecera de la cama. Y, por todas partes, flores secas en jarroncitos, en ramilletes, en cestillos, en fanales...

La conversación era intrascendente. Mamá y doña Carola hablaban de parecidos, de comidas, de horarios...

Me apoyé en la pared. Estaba cansada. Parecían haber pasado años desde que me había levantado aquella mañana para terminar mi maleta y dejar todo recogido. Años desde aquel bocadillo que Carlitos no me había dejado comer a gusto. Siglos desde que había llamado a Javi para despedirme.

—Te llamaré por la noche —me había dicho Javi—. Te lo prometo.

La oscuridad tomaba posiciones en las esquinas de la habitación cuando doña Carola recordó que no habíamos cenado. Hizo sonar una campanita que se escondía entre su taza de té a medio tomar y la funda de sus gafas, y una mujer muy menuda, vestida de negro, entró en la habitación casi corriendo. La señora dio orden de que nos sirvieran algo de cenar en el comedor y luego se despidió de mi madre y de Hugo deseándoles feliz viaje.

El comedor era muy grande. Una mesa de madera oscura ocupaba casi toda la estancia y un altísimo aparador protegía entre sus cristales una apagada vajilla.

Petra retiró el centro de flores secas que adornaba la mesa, extendió un mantel en la mitad y dispuso los platos y los cubiertos. Colocó una fuente con trozos de pollo asado y patatas fritas frente a mi madre y desapareció en el túnel que formaban las hojas de las kentias y los ficus que enmarcaban el lóbrego pasillo.

—Cariño —dijo mi madre mientras me servía—, quiero que descanses y lo pases bien. Ya sé que no conoces a nadie, pero enseguida estarás como en casa. Aquí se juntan muchos chicos de tu edad. ¿No es así?

—Pues... —calculó Hugo—, entre los catorce y los dieciocho... dos de mi hermano Carlos, una de mi hermana... uno, no, dos de Juan... el de Enrique... Sí, entre los catorce y los dieciocho, tengo seis sobrinos: cuatro chicos y dos chicas.

—¿Ves? Será divertido.

Mi madre intentaba animarme, pero yo sabía que ella tampoco estaba tranquila del todo.

—Me ocuparé de Carlitos.

—Sí, ya lo sé, hija. Pero no te preocupes. Nani le atenderá y le cuidará. ¿No has visto cómo le cogía cuando hemos llegado?

—Nani es fantástica —intervino Hugo—. Lleva muchos años en casa encargándose de los pequeños. A mí me crió ella. Además están las niñeras de los hijos de mis hermanos. Carlitos estará vigilado y cuidado en todo momento. No te preocupes, Casandra.

Terminamos de cenar. Hugo y mamá tenían que salir esa misma noche para Barcelona si querían estar a la mañana siguiente en la ceremonia de apertura del congreso. Entraron al cuarto de los pequeños para besar a Carlitos, que dormía como si estuviese en su propia cuna. Mi madre hizo algunas recomendaciones a Nani, que colocaba la ropita de mi hermano en uno de los armarios, y luego me abrazó.

—Sé que no es necesario que te diga nada. Confío en ti, pero... ten cuidado con tu genio, Casandra. Esta familia es... bueno, no sé cómo decirlo... un poco... a la antigua. Respeta sus costumbres y no armes líos por tonterías. Será sólo un mes y, bueno. ¿Quién sabe? Lo mismo haces buenos amigos aquí.

Volvió a besarme y se metió en el coche deprisa.

—Casandra —dijo Hugo muy bajito—, llámame si necesitas algo, si tienes alguna queja o simplemente, si necesitas hablar o comentar algo. Me gustaría que te sintieras parte de esta familia, pero sé que no es fácil y no tengo derecho a pedirte que lo intentes.

—Haré lo que sea porque mamá esté tranquila y disfrute del viaje.

—Lo sé —dijo Hugo mirándome a los ojos—. Yo también.

El coche desapareció entre los pinos y la curva del sendero y enseguida oí lejos el chirrido de la verja.

Ya estaba sola. Sola con aquella familia que no conocía y con la que debía convivir como si fuese la mía. Pero no podía quejarme, la idea había sido mía. Yo era la que había insistido para que mi madre aprovechase la ocasión de hacer el viaje que siempre había soñado. Mi madre es una apasionada arqueóloga, pero nunca pudo dedicarse de lleno a su pasión. Cuando terminó su carrera se casó con mi padre y enseguida nací yo. Mi madre se dedicó a mí y a cuidar de mi abuelo que estaba enfermo los primeros años, y luego, cuando mi horario escolar y la muerte de mi abuelo la dejaron algo más libre, fueron las ausencias de mi padre y la falta de dinero lo que la obligó a aceptar un trabajo en un instituto como profesora de historia. Mamá hizo su tesis de fin de carrera sobre el antiguo Egipto. Le encantan los faraones, las pirámides y todo ese mundo mágico y misterioso de Egipto, pero nunca había tenido ocasión de visitarlo. Y ahora, de improviso, se presentaba esta ocasión. ¿Cómo desperdiciarla? Mi madre es demasiado generosa. Siempre ha regalado su tiempo a todo el mundo y casi siempre le han pagado con egoísmo. Se merecía un mes para ella sola, aunque eso supusiera para mí vivir entre extraños en aquella casa que, sin saber por qué, me producía un escalofrío continuo en la nuca.

—Tengo que llevarla a su habitación, señorita —dijo una voz apagada a mi oído.

—¡Eh!

—Que tengo que llevarla a su habitación —repitió Petra atravesándome con los ojos.

La seguí. Subimos al primer piso. El pasillo, ancho y profundo, acababa en un ventanal por el que se colaban en racimos las lucecitas de los pueblos de la sierra. El suelo de enceradas baldosas de barro cocido reflejaba las puertas a ambos lados del pasillo. Todas eran iguales. Todas estaban cerradas. De trecho en trecho, un viejo armario, un taquillón, un macetero con plumeros, un perchero cargado de sombreros de paja y un paragüero de porcelana montaban guardia. Cada dos huecos, alternándose con oscuras láminas enmarcadas, unos tímidos apliques permitían orientarse.

Petra se detuvo frente a la última puerta a la derecha, cerca del enorme ventanal que remataba el espacio.

Calculé las veces que tendría que andar aquel pasillo para llegar a la habitación desde la escalera. Era un hermoso pasillo, como también era hermosa la escalera de madera oscura con su zócalo de azulejos decorados que continuaba cerrándose en sombras, hasta el tercer piso, pero me producían un desasosiego que empezaba a inquietarme.

La chica de la bata gris abrió la puerta y pasó delante para encender la luz y abrir la cama. Antes de cerrar la puerta miré de nuevo al fondo del pasillo y entonces vi una sombra oscura que cruzaba de un lado a otro y se escondía tras el lomo del viejo armario. Cerré la puerta casi sin aliento y me apoyé en ella clavándome una percha en los riñones. ¿Quién había puesto en aquella puerta una percha tan baja?

—Éste es el armario —decía Petra con su voz tragada—. Dentro, en los cajones, le he puesto la ropa interior. Los libros y todo lo demás están en el escritorio. El neceser...

—¿Has abierto mi maleta?

—Sí —contestó cortante.

—¿Por qué has tocado mis cosas?

—Es mi trabajo.

—¿Es tu trabajo curiosear lo que no es tuyo? —casi grité, muy enfadada.

—Mi trabajo es deshacer y colocar en los armarios el equipaje de la señorita. Yo no curioseo, sólo hago lo que me mandan.

—¡Pues mis cosas no las toques nunca!

—Como ordene la señorita.

—¡Y no me llames señorita! Me llamo Casandra.

—Casandra —dijo la chica asombrada—, la adivina.

—¿Qué?

—Yo soy Petra.

Cuando cerró la puerta tras ella, me di cuenta de que no le había preguntado dónde estaba el baño. Abrí corriendo, pero ya no estaba en el pasillo. Era imposible que hubiese tenido tiempo de llegar hasta la escalera. ¿Dónde se había metido? Y... lo más importante, ¿dónde estaba el baño?

Aunque pensé en aventurarme por el pasillo abriendo puertas, no me atrevía a abandonar la habitación. ¿Y si luego no podía volver a abrir mi puerta? Podía dejarla abierta, pero podría entrar alguien mientras yo buscaba el baño. No podía olvidar aquella sombra negra que se había agazapado tras el armario viejo. ¿Y si no entraba al baño? ¿Podría aguantar hasta la mañana siguiente?

Un relámpago se coló por el ventanal llenando el pasillo de mil formas fantasmales. Cerré la puerta de golpe y busqué un cerrojo. Sólo había uno muy pequeño en la parte más alta del cerco. El carpintero tenía que estar loco: el cerrojo altísimo y la percha a metro y medio del suelo. ¿No habría dormido allí Alicia, la del país de las maravillas?

Apenas me había sentado en el borde de la cama, cuando la luz parpadeó tres o cuatro veces para acabar apagándose. Las sombras de los rincones se cerraron dejando todo en penumbra y del pasillo llegaron exclamaciones ahogadas, risitas y pasos acelerados. ¿Era una broma? ¿Los silenciosos sobrinos de Hugo me jugaban una novatada? No les iba a dar la satisfacción de demostrar miedo. No soy miedosa, aunque aquella casa empezaba a ponerme nerviosa.

Esperé, pero nada cambiaba. Aunque los ruidos del pasillo se acallaron, todo seguía oscuro. Tanteé buscando la lamparita de la mesilla, tampoco funcionó. Recordé que tenía en la mochila el boli-linterna que llevaba al instituto, sólo que... ¿dónde estaba la mochila? Casi no me había fijado en la habitación. No podía situar el armario ni el escritorio... Me levanté y caminé con los brazos extendidos para no tropezar. Antes de encontrar el armario, di con la ventana. Descorrí las cortinas, abrí las contraventanas y la luna puso formas en la oscuridad.

La ventana enrejada daba al jardín. Un jardín muy cuidado en la parte más cercana a la casa y que, a medida que se alejaba, se iba convirtiendo en un pinar espeso hasta fundirse en negro. De vez en cuando, un relámpago dibujaba su contorno y un trueno muy lejano rebotaba en ecos por la sierra.

No había luz en ninguna ventana. También estaban apagados los faroles de la entrada. Tal vez se tratase de una avería producida por la tormenta que se desataba en la sierra.

Abrí de par en par. Olía a tierra mojada y a tomillo. Dos murciélagos pasaron muy cerca. Un grillo intentaba llamar la atención desde algún arbusto y un viento muy suave agitaba los pinos. Respiré hondo. Recordaba las quincenas de campamento de cuando era niña y pensé en mi madre. Era una suerte que hubiera surgido aquel viaje. Un congreso de arquitectura egipcia puede ser un rollo, pero el congreso, que empezaba en Barcelona, incluía un mes de estudios y conferencias en El Cairo. Hugo estaría muy ocupado, empezaba a tener cierto prestigio en su ambiente y tenía que defender una ponencia. Era un arquitecto con mucho futuro. Mi madre tendría ocasión de visitar los lugares que siempre había soñado y tiempo para recopilar datos para aquel libro que nunca terminaba de escribir.

Una campana rota anunció, desde lejos, las doce.

El viento que agitaba los pinos había refrescado el ambiente. Cerré la ventana dejando las contraventanas y las cortinas abiertas para que entrase la poca luz de la noche, y me tumbé vestida en la cama. Poco a poco, olvidando mi deseo de entrar al baño, me fui quedando dormida pensando en mamá, en la playa que nos esperaba en agosto y en Javi, que había quedado en llamarme y no lo había hecho.

II. La bici amarilla

Me despertaron muy temprano las ganas de ir al baño. Recordé el despertador de los indios americanos que bebían mucha agua por la noche para levantarse pronto al día siguiente. Apenas había amanecido y sólo los pájaros llenaban de sonido el jardín.

Abrí la ventana y el olor de los pinos y las flores del seto que bordeaba la casa, entró en la habitación. Iba a salir al pasillo cuando descubrí una rendija de luz por debajo de una de las puertas del armario. No era un armario, aunque la puerta era continuación de él, era la entrada a un cuarto de baño completo, muy antiguo, con azulejos decorados y una enorme bañera con patas de león. Estaba muy limpio y tenía una ventana alargada con cristal moteado. ¡Allí había estado el cuarto de baño toda la noche y yo sin saberlo! Tendría que habérmelo dicho Petra, aunque yo no le había dejado terminar de hablar la noche anterior.

Aparté el jarroncito con flores secas que adornaba el poyete de la ventana del baño y la abrí. Daba a otra fachada de la casa. Desde allí se veía el tejado estrecho y alargado de un edificio adosado a la planta baja, que se perdía entre los pinos al fondo de la finca. Una chimenea delgada interrumpía las sinuosas filas de oscuras tejas manchadas de moho que se perdían entre las ramas más bajas. Recordé la clase de perspectiva de la profesora Sañudo: el punto de fuga, las líneas paralelas que convergen por efecto óptico, las sombras degradantes...

Mi albornoz naranja estaba colgado cerca de la bañera y mis zapatillas perfectamente alineadas con la alfombrilla de láminas de madera. Mi peine, mi cepillo y todas las demás cosas de aseo estaban sobre el lavabo o en la repisa de cristal. Aquella chica del mal gesto había tocado todas mis cosas. Me sentía muy contrariada y mi humor no cambió después de ducharme con agua casi fría. Me puse unos vaqueros y una camiseta y comprobé el buzón de mi móvil. Tenía un mensaje de mamá diciéndome que habían llegado bien pero nada de Javi, ni una nota, ni una llamada perdida... ¡Si esperaba que le llamase yo, iba listo!

Cerré de un portazo y me encontré en aquel extraño pasillo que ahora parecía inocente con la luz resbalando de un lado a otro de los ventanales que remataban su longitud. Las puertas seguían cerradas, no se oía ningún ruido y el aroma del café que subía por las escaleras me invitó a bajar.

En el comedor, el engreído reloj de pie marcaba las ocho y media. La mesa estaba puesta con todo lo necesario para el desayuno, pero nadie se había sentado todavía. Tal vez era demasiado pronto para las costumbres de la casa. Miré hacia el jardín: doña Carola sentada en uno de aquellos dos sillones de mimbre que presidían el porche y protegida por una pequeña sombrilla floreada, hablaba con un chico muy delgado que asentía sin pronunciar palabra.

—Buenos días —dije acercándome a la señora.

—¿Quién...? Ah, Casandra, qué madrugadora. ¿Has dormido bien?

—Sí, señora.

Me miró de arriba abajo y me hizo una seña para que me sentase a su lado.

—Hay una violeta y otra blanca en el garaje —continuó doña Carola hablando con el chico delgado—. Mira la que esté mejor y le das un buen repaso, asegúrate de que los frenos van bien, y si es necesario, le cambias las ruedas.

Se volvió a mí y preguntó:

—Sabes montar en bicicleta, ¿verdad?

—Sí.

—Estupendo. Ve con Berto al garaje y escoge la que más te guste —con tono seco añadió—: El desayuno es a las nueve.

Acompañé al chico a través de los setos hasta la puerta trasera del garaje.

—Entraremos por aquí —dijo Berto con un golpe de tos—. A veces Romulón se enfada si entro por la grande.

—¿Romulón?

—El que cuida la puerta. Suele estar allí, en la garita de la entrada, pero también vigila el garaje. A veces se enfada, es un poco... raro. Pero no se preocupe, señorita. Sólo grita.

—No me llames señorita.

—Pero...

—Me llamo Casandra.

Me miró y entonces vi sus ojos azules destacando enormes sobre su cara pálida y delgada.

—Yo soy Alberto. Todos me dicen Berto.

—¿Trabajas aquí? ¿Cuánta gente trabaja aquí?

El chico terminó de abrir la puerta, que se resistía un poco por la arena que alfombraba el suelo, y se apartó para que pasara. El garaje escondía un coche tapado con una funda negra y dos motos cubiertas con plástico. En las paredes colgaban varias bicicletas de distintos tamaños y herramientas, cuerdas, gomas, piezas sueltas...

—La señora tiene mucho servicio, sobre todo en verano —me explicaba Berto—. Yo soy el hijo de Lina, la cocinera, y no trabajo para la señora, pero ayudo en lo que puedo.

—¿Vives aquí?

—Sólo en vacaciones, aunque este año... Mire —dijo señalando la pared del fondo—, ahí están las bicicletas. Me parece que la blanca está mejor, es más nueva.

—¿Cuántos años tienes?

—Dieciocho —contestó asombrado por mi pregunta.

—Pues no me llames de usted. Sólo Casandra.

Asintió con la cabeza y fue a por la escalera de mano que dormía apoyada en la pared, para bajar la bicicleta. Fue entonces cuando vi la amarilla. Era una bicicleta antigua de líneas suaves pintada en un amarillo intenso con arabescos en negro. Tenía una cesta forrada de tela estampada en el manillar y la rueda trasera estaba cubierta por una red con los colores del arco iris. Era preciosa, parecía sacada de una película romántica.

—Me gusta ésa.

—Ésa es muy vieja. No sé si funciona. Además... creo que es de la señora.

—¿La usa?

—No, claro que no, si necesita bastón para caminar. Será de cuando era joven. Hace tiempo que nadie usa esa bicicleta.

—Entonces, puedo usarla yo.

—Hay que preguntar a la señora —dijo Berto—, no vaya a ser que le moleste que la cojamos sin su permiso y...

Unos golpes muy fuertes en la puerta batiente del garaje y unos gritos interrumpieron las consideraciones del chico.

—¡Tú, canijo! ¿Qué haces ahí? ¡Te voy a partir la cabeza! ¡Maldita sea!

Por la ventanilla de la puerta asomaban cuatro dedos muy gordos y unos ojos de mirada furiosa.

—Órdenes de la señora, Romulón. No pasa nada.

—¡Te cortaré las orejas y se las daré al perro! —tronó Romulón mientras se alejaba—. ¡Te voy a partir las piernas con mi garrota! ¡Te colgaré de la reja! ¡Maldita sea! ¡Te sacaré los ojos!

Sentí un escalofrío. Aquella voz cavernosa y aquellas palabras tan violentas...

—No te asustes —intentó tranquilizarme Berto—. Son sólo palabras. Se le olvidan según las va diciendo.

—Pues, vaya. Qué alegría.

—La señora dice que es perfecto para cuidar la puerta. Es tan grande y tan fuerte... Todo el pueblo le tiene miedo.

El viento trajo las nueve desde aquel reloj lejano.

—¡El desayuno! —exclamé.

Cuando entré en el comedor, todos estaban ya sentados a la mesa.

—Lo siento —me excusé.

—Está bien —dijo doña Carola dejando perder la mirada entre la fila de nietos que se sentaban a ambos lados de la mesa—. Procura no faltar a los horarios, Casandra. Cuando conviven tantas personas bajo un mismo techo, respetar un horario es fundamental. El tiempo no pertenece a cada uno en particular. Nuestra medida del tiempo afecta a la medida de los que conviven con nosotros. El tiempo es la vida de todos. Piénsalo.

—Sí, señora —dije evitando las miradas de los comensales.

—Intentamos pasar este mes de vacaciones descansando y permitiendo el descanso de los demás. ¿Verdad, chicos? Para conseguirlo tenemos una serie de reglas y normas —continuó la señora, más para sus nietos que para mí—. No son reglas demasiado estrictas, esto no es una cárcel ni un convento, pero son necesarias.

Entonces, me miró de lleno y añadió:

—La doncella te dará una copia después del desayuno.

Me senté en la silla que Petra separó de la mesa para mí al final de la mesa y atendí a sus preguntas.

—¿Fría o caliente?

—¿Tostada, bollo, churros, galletas?

—Chicos —dijo doña Carola con voz muy pausada—. Os presento a Casandra. Es hija de Marina, vuestra nueva tía, la esposa del tío Hugo. Pasará el mes de julio con nosotros y espero que todos seáis amables y educados con ella.

Todos me miraban. Había chicos y chicas de todas las edades. Se parecían mucho entre sí, sobre todo en las risitas que intentaban ocultar bajo las servilletas. Una de las niñas mayores levantó ligeramente la mano.

—Sí, Carolina —dijo la abuela dando permiso a la niña para hablar.

—¿Te llaman Casandra o tienes algún diminutivo?

—Me llaman Casandra.

—¿No sería mejor Casy o Sandra? —preguntó de nuevo la chica, sacudiendo su larga melena rubia.

—Me gusta Casandra.

—Es un nombre muy raro —comentó uno de los niños más pequeños—. Parece de bruja.

—Ahora que estamos juntos, es el mejor momento para presentaros —dijo la abuela—. Será como un ejercicio de expresión oral, os presentaréis cada uno con su nombre y con algún detalle que le permita a Casandra conoceros un poco. Lo haremos por edades. Empieza tú, Carlos.

El chico que se sentaba a la derecha de la señora se limpió la boca con la servilleta, me miró con mucha seguridad y dijo pronunciando mucho las palabras:

—Me llamo Carlos, tengo dieciocho años y este curso he aprobado primero de ingeniería industrial.

—Yo soy Carolina —dijo la niña que había hablado antes—. Acabo de cumplir diecisiete y, se pongan como se pongan, seré modelo o diseñadora de joyas.

—Yo me llamo Enrique y...

—No, no... Un momento —interrumpió la señora con un gesto duro hacia Carolina—. Es mejor que os presente yo.

Señaló con su mano tintineante de pulseras al muchacho que había intentado hablar y dijo:

—Él es Enrique. Ahora tiene dieciséis años y muy pocas ganas de trabajar.

Siguió señalando uno por uno a sus nietos.

—Amadeo, Francisco, Carlota, las gemelas Rosa y Celeste... Las dos gemelas sonrieron marcando mucho sus hoyuelos... Jaime, Carla y Lucas. Los tres que faltan están en el cuarto de los pequeños, con Nani. Son Carolina, Luis y tu hermanito Carlos.

Sonreí porque no se me ocurría otra cosa y porque las risas de las gemelas eran contagiosas. Me sentía observada, especialmente por un muchacho de melena larga y rojiza que se sentaba frente a mí y me miraba con ojos penetrantes. No recordaba su nombre. Eran tantos... tal vez alguno de aquellos Carlos, Carolos, Carlotos o Carolinos.

Cuando nos levantamos de la mesa, los más pequeños besaron a la abuela y salieron corriendo hacia el jardín, y los mayores formaron un corrillo cerca de la puerta. Me miraban y volvían a sus comentarios. Sin duda hablaban de mí.

La mesa había quedado como después de una batalla. Empecé a colocar un plato sobre otro y a agrupar los tazones. Petra vino indignada.

—No tiene que hacer eso. Es mi trabajo.

Carolina se acercó despacio. Se movía como si un viento privado la meciera. Era muy alta y tenía una bonita figura que ella hacía muy evidente con su camiseta ajustada y sus pantalones cortos.

—¿Qué te gusta hacer? —me preguntó.

—No tengo planes. ¿Qué hacéis vosotros?

—Los sábados no viene el profe y bajamos al pueblo en bicicleta. ¿Quieres venir?

Me acerqué a la señora, que repasaba una lista con aquella mujer vestida totalmente de negro.

—Doña Carola.

—¿Qué? ¿Cómo? —exclamó molesta por la interrupción—. ¡Ah! Claro, no has leído las normas. ¡Petra! Trae una copia de las normas para esta niña. ¿Qué quieres, Casandra?

—Hay una bicicleta en el garaje que me gusta mucho. Si usted lo permite, me gustaría usarla.

—¿Qué bicicleta?

—Una amarilla, antigua, con pedales de corcho. Tiene una preciosa cesta de mimbre en el manillar, el timbre es de campanilla y lleva una red de malla sobre la rueda trasera. Es preciosa.

La abuela levantó la cabeza de la lista que estaba repasando, se quitó sus gafas de cerca y me miró despacio.

—¿De verdad te gusta esa bicicleta?

—Mucho.

—No tiene cambios de marcha, el sillín es muy duro y pesa mucho más que las de aluminio.

—Eso no importa. No es para correr el *tour.*

—Mi hija y mis nietas nunca la quisieron.

—A mí me encanta —dije ilusionada.

—Está bien, que Berto repase las ruedas y los frenos.

—Gracias, señora.

Cuando me alejaba por el pasillo en busca de Berto sin saber dónde encontrarlo ni por dónde buscarle, oí la voz de doña Carola:

—Casandra, ten cuidado.

Petra me alcanzó corriendo. Tenía la cara roja y llevaba el mantel del desayuno arrugado bajo el brazo y las servilletas y tres tazones en una mano. En la otra mano agitaba una hoja de papel plastificada.

—Las normas de la señora —dijo jadeante.

Me detuve en la entrada de la cocina. Era la fotocopia de un folio escrito a máquina con siete normas numeradas como si se tratase de los mandamientos. Al pie del escrito estaban las firmas de los cinco hijos de doña Carola, los padres de los chicos. Entre ellas descubrí la de Hugo, con aquella hache tan personal con la que comenzaba su rúbrica.

Normas de obligado cumplimiento durante la estancia en casa de la abuela en el mes de julio:

1. *Se obedecerá absolutamente cualquier orden dada por la abuela.*
2. *No se interrumpirá a la abuela cuando esté ocupada o descansando. Si surge alguna urgencia, Justina decidirá lo que se debe hacer.*
3. *Se prohíbe toda forma de violencia de palabra o de hecho, las peleas, discusiones y expresiones ofensivas, groseras o malsonantes y los abusos de unos jóvenes sobre otros por razón de edad o tamaño. Cualquier diferencia que no encuentre solución entre los jóvenes será llevada ante la abuela, que tomará la última resolución.*
4. *Los horarios de desayunos, comidas y cenas, así como las horas destinadas al estudio, se observarán escrupulosamente.*
5. *Los jóvenes comerán sin rechistar los menús pensados y preparados para ellos por la abuela y Justina.*
6. *Se observará con especial cuidado la hora de descanso de la tarde en horario de 3 a 5. Durante este tiempo no se podrá hablar en voz alta, salir de la casa, pasear, jugar o correr por las habitaciones ni los pasillos. Queda prohibido terminantemente poner música, televisión, radio o cualquier otro medio que produzca sonido.*
7. *Los jóvenes no traspasarán bajo ningún concepto las zonas de la casa y del jardín señaladas con un triángulo rojo.*

(Nota) La infracción de las normas número 6 y 7 dará lugar a la reclusión del joven en el monasterio de Santa Cipriana hasta que sus padres pasen a recogerle.

—¿Dónde está Berto? —pregunté a Petra en uno de sus viajes a la cocina recogiendo el desayuno.

—¿Para qué quiere a Berto?

—No me llames de usted.

—¿Para qué quieres a Berto? —volvió a preguntar cortante.

—La abuela quiere que repase la bicicleta amarilla.

Petra me miró con la barbilla levantada.

—¿Tienes prisa?

—No.

—Pues déjale desayunar tranquilo.

Y se perdió entre los armarios de la enorme y destartalada cocina. Aquella habitación era horrible, parecía tener su propio microclima. Hacía frío y el aire corría de un lado a otro desde la desnuda ventana abierta a la calle trasera de la finca, hasta la puerta que se asomaba a una galería estrecha llena de macetas que, alineadas a la pared, enseñaban como esqueletos sus ramas rotas y secas. El fogón, grande y viejo como el de una locomotora, no conseguía caldear aquella estancia a pesar de que una olla grande como la de una bruja humeaba a borbotones. Al fondo, entre la puerta de la galería y otra puerta cerrada que llegaba casi hasta el techo, cerca de la despensa abierta de par en par, descubrí la delgada figura de Berto. Estaba sentado frente a una mesa baja y desayunaba hojeando un periódico.

Atravesé la cocina para llegar hasta él. Lina, la cocinera, me miró entre asombrada y fastidiada.

—¿Necesita algo, señorita?

—No, yo... quiero hablar con Berto.

Entonces el chico levantó la cabeza y preguntó:

—¿Te deja usar la bici?

—Sí.

Berto hizo ademán de levantarse, pero aún le quedaba cacao en su tazón y media tostada en un plato desportillado.

—Termina de desayunar. No hay prisa. Además quería comentarte algo.

Acerqué una grasienta banqueta, me senté y enseñé al muchacho la hoja plastificada.

—¿Lo cumplen todos?

—Al pie de la letra —aseguró Berto.

—¿Y vosotros?

—¿Nosotros?

—Petra y tú. Vosotros no sois sus nietos.

Berto sonrió y su cara se iluminó por un instante.

—Bueno, nuestros horarios son diferentes y nuestros menús también. Por lo demás todo es igual, salvo el castigo. A nosotros no nos mandarían a Santa Cipriana, nos enviarían directamente a la calle.

—¿Qué es eso de Santa Cipriana? —pregunté animada por la amabilidad con la que aquel chico contestaba a mis preguntas—. ¿Un monasterio?

—Sí, está aquí cerca, al otro lado del río. La señora contribuye con donaciones a la vida de las monjas. A veces hemos llevado ropa y juguetes en desuso para los niños que acogen en el monasterio. Es una especie de reformatorio para niños difíciles y la priora es sobrina de la señora.

—¡Uf!, sólo le falta instalar una mazmorra.

Berto se rió entre toses. Lina se acercó intrigada por la conversación que su hijo mantenía conmigo. Se secó las manos con la punta del delantal, me miró guiñando un ojo y preguntó con cautela:

—¿Necesita algo la señorita? No debe estar en la cocina. Berto saldrá enseguida si usted necesita algo.

En aquel momento apareció la otra mujer, aquella vestida completamente de negro que siempre andaba cerca de la abuela y que me miraba fijamente cada vez que nos cruzábamos.

Me molestaba la vigilancia de aquella mujer, que a juzgar por las normas que acababa de leer, debía de ser Justina, algo así como la lugarteniente de la abuela.

—No debe entrar en la cocina —dijo con voz silbante.

—Lo siento —respondí con ironía—. No me he fijado en la puerta de la cocina. ¿Tiene triángulo rojo?

—No —contestó muy seca—, pero la señora se enfadará si frecuenta la cocina.

Me levanté, devolví la banqueta a su lugar y salí de la cocina por el camino que conocía. Al pasar por el comedor vi a Petra puliendo con una mopa el suelo encerado. Iba tan ofendida y tan molesta por aquellas estúpidas normas que parecían redactadas a medias entre una bruja y un notario, que no vi el pegotón de cera roja en el paso del comedor. Por un momento me pareció que el suelo se hundía bajo mis pies y caí todo lo larga que soy arrastrando una silla en mi caída. A punto estuve de abrirme la cabeza con la esquina de aquel serio aparador negro adornado de hojas de latón.

—¡Madre mía! ¿Te has hecho daño? —preguntaba Petra, muy preocupada, intentando levantarme—. No has debido pasar por el comedor después del desayuno. Nadie pasa por el comedor hasta la hora de la comida. ¿De dónde salías?

—De la cocina —dije mientras me enderezaba.

—¿Has entrado a la cocina?

—Pues claro que he entrado a la cocina. Esto parece el castillo de Barba Azul.

—Tendrías que haber salido por el pasillo, no por el comedor —explicó Petra—. Te mueves demasiado, tendré que enseñarte la casa antes de que te metas en un lío.

Berto llegaba de la cocina asustado por el golpe. Entre Petra y él terminaron de levantarme y me sentaron en una silla. Petra se ocupó de limpiar los restos de cera de mis zapatillas y Berto me tocó la cabeza para ver si tenía alguna herida o algún chichón.

—¿Te duele algo? —preguntó.

—La espalda, las manos, la cabeza... Pero no es nada. Se me pasará enseguida.

—¿Quieres que vayamos a por la bici?

—Sí, espera.

Me levanté con cuidado y salimos al jardín. Antes de traspasar los setos de flores, del resbalón ya no me quedaba más que un hormigueo en la rabadilla y una mancha de cera roja en la espalda de la camiseta.

Camino del garaje, comentando las normas que acababa de leer y a base de preguntas, Berto me informó de un montón de detalles sobre la señora y sus rarezas. Me enteré de que no consentía ningún cambio en la casa, por pequeño que fuese, y que era muy desconfiada. Supe que conservaba con cuidado a las personas que trabajaban para ella desde hacía muchos años y que odiaba contratar gente nueva. Me dijo que la señora había nacido y se había criado en aquella enorme casa y que era hija de don Carlos García-Eguilaz, un diplomático que había tenido un papel muy importante durante la guerra. Doña Carola había viajado por el mundo cuando era joven y había vivido en París, donde se casó con un escritor y donde había tenido a sus cinco hijos, a los que adoraba. Berto me comentó que al morir su marido, en extrañas circunstancias, la abuela se había trasladado a aquella vieja casona de la sierra y allí había criado a sus pequeños hasta que, al hacerse mayores, los había enviado internos a Madrid para que estudiaran.

—Hugo dice que todos tienen carrera —comenté.

—Sí —contestó Berto con admiración—. Don Enrique es biólogo y viaja mucho; don Carlos es ingeniero, y famoso, doña Carolina y don Juan son abogados y don Hugo...

—Arquitecto —terminé yo.

Berto guardó silencio. Habíamos llegado a la puerta de atrás del garaje. Abrió con cuidado y pasamos dentro. Arrimó la escalera y descolgó la bicicleta amarilla.

—Está muy dura —comentó—. Tantos años sin rodar... Habrá que engrasarla un poco y limpiarla. A pesar del plástico, está llena de polvo.

—¿Dónde lo podemos hacer? ¿Aquí, en el garaje?

—Romulón nos fastidiará a cada momento. Es mejor llevarla al cobertizo.

Berto cogió una aceitera y varios trapos del banco del garaje y, llevando la bici amarilla casi en volandas, atravesamos el jardín por la entrada principal. Los gritos y las amenazas de Romulón nos acompañaron desde lejos hasta llegar a un cobertizo adosado al muro en el que se alineaban bicicletas de todos los tamaños. No habíamos tenido tiempo más que de desmontar el cestito de mimbre y poner la bici patas arriba, cuando entraron, entre risas y bromas, cinco de los seis nietos mayores de doña Carola.

—¿Ésa es la bici que vas a usar? —preguntó Carolina.

—Hay una más moderna en el garaje —comentó Enrique.

—Ésa no tiene cambios y este pueblo tiene demasiadas cuestas. Te cansarás mucho —sentenció Carlos—. Dile a la abuela que bajen la blanca, es la mejor. La utiliza tía Carolina algunas veces, recuerdo que la usó el verano pasado. Tiene que estar engrasada.

—Me gusta ésta —contesté.

—Ah, pues... tú misma, guapa —añadió displicente Carlos.

Cogieron cada uno su bicicleta y salieron por la puerta del cobertizo comentando dónde me iba a quedar en la cuesta de la farmacia, lo mucho que se reiría de mí un tal Demetrio y cómo tendría que cargar con la bici en el monte de los conejos.

—...y acabará con la lengua barriendo el puente —terminó entre risas la pelirroja Carlota, que aunque tenía catorce años, iba siempre con su hermano y sus primos mayores.

El último en salir fue Amadeo, el chico de pelo largo y mirada insolente que estaba sentado frente a mí en el desayuno. Se acercó a Berto y le preguntó en voz baja:

—¿Tienes que hacerlo ahora? ¿Quieres que te ayude a engrasar esa bici?

—No hace falta —contestó el hijo de la cocinera.

—¿De verdad? No me importa quedarme.

—No, yo lo haré.

Amadeo miró a Berto, intentó decir algo más, pero no lo hizo. Después se volvió, me miró con reproche y salió montando su brillante bicicleta metalizada.

—¿Quién falta? —pregunté al descubrir una bicicleta dorada muy grande entre las pequeñas del cobertizo.

—Francisco. No le gusta mucho salir. Prefiere quedarse a leer o a investigar en el torreón.

El torreón era el protagonista de la casa. Se levantaba sobre ella como un jinete sobre su caballo y su oxidada veleta de dragón le daba un aire antiguo y misterioso. Pensé que seguramente era más interesante lo que hacía Francisco allí encerrado, que pasear en bicicleta por aquel pueblecito que no tenía más interés que su desvencijada iglesia, sus mansiones ruinosas y abandonadas y la sierra que fondeaba como un recortable todos sus paisajes.

—Qué curioso —comentó Berto—. Sólo tiene instalado un freno.

—¿Qué hay en el torreón?

—Estanterías con libros, carpetas, papeles, álbumes..., mil cosas viejas y un telescopio para ver las estrellas. ¿Puedes acercarme esa llave?

—¡Oye! ¿Por qué a ellos no les grita Romulón? —pregunté cuando, desde la ventanuca del cobertizo, vi salir a los chicos de la finca por la puerta principal.

—Romulón sólo me grita a mí.

—Pues... qué bien.

III. El triángulo rojo

Se nos fue la mañana entretenidos con la bicicleta. La lavamos, la engrasamos y Berto comprobó la dirección y el único freno.

—Qué raro —comentaba—. Tiene una sola varilla de freno pero activa las pastillas de las dos ruedas a la vez. Está como... trucada. ¿Quién haría algo así?

El chico no quiso subir en ella, ni siquiera para dar una vuelta. Yo la probé por los alrededores del cobertizo, era pesada pero iba suave aunque tenía un poco de holgura al pedalear, algunos chasquidos extraños y un roce tintineante en alguna parte de su estructura. Eran ya las doce cuando volvimos por el sendero que se abría en el jardín entre los setos de flores y la acera de piedra que bordeaba la casa. Antes de volver la última esquina del seto, ya se oían los chillidos de los pequeños. Frente al portal de la casa, doña Carola, sentada en su sillón de mimbre, disfrutaba observando el juego de los tres chiquitines en una pequeña piscina de plástico. Alrededor, con delantales blancos, las dos niñeras y Nani se ocupaban de ellos. Carlitos chapoteaba encantado hasta que me vio. Entonces me extendió los brazos con un puchero mimoso entre sus hoyuelos.

—¡Hola, Carlitos! ¿Estás jugando?

El niño me enseñó todos los juguetes que tenía en la piscina, me señaló a la pequeña rubia que chapoteaba a su lado, me salpicó de agua y se volvió a su primo Luis para quitarle una regaderita de plástico. A los pocos minutos, pasaba de mí.

Hacía calor y doña Carola tenía una enorme jarra de limonada helada en su mesa pero... cualquiera le pedía un vaso. Seguro que estaba prohibido terminantemente. Miré a mi alrededor. Rosa y Celeste, las gemelas, y su prima Carla jugaban a las *barbies* a la sombra del enorme abeto que iniciaba el bosque que se perdía salpicado de puntos de luz. Los otros dos niños más pequeños hurgaban en un hormiguero. Eran las doce y media y yo no tenía nada que hacer.

Berto había desaparecido en la oscuridad del portal y nadie parecía fijarse en mí, allí de pie, quieta en el centro de aquella explanada que se abría frente a la casa. Pensé en llamar a mamá, pero podrían estar en plena conferencia y no quería molestarla.

Comprobé el buzón de mi teléfono. Nada. Ni un mensaje, ni una llamada perdida. Javi no había llamado como me había prometido, sólo llevábamos saliendo dos meses pero... me lo había prometido. Caminé despacio hacia el pinar, donde el aire parecía más fresco. Los árboles entrelazaban sus ramas y, a medida que avanzaba, se tupían ahogando la luz. El suelo estaba segado hasta un punto; más allá, las hierbas salvajes, los helechos y los cardos lo alfombraban todo. Pensé que aquel pinar terminaría en algún lugar, yo había visto el muro de piedra que se perdía a lo lejos desde la puerta que controlaba Romulón y que abrazaba la finca. Lo lógico sería que aquel muro bordease también el pinar. No tenía sentido mantener aquel cancerbero grosero y gritón en la puerta si luego la finca se abría al campo.

No tenía nada que hacer hasta la una y media, que según me había informado Berto era la hora de la comida, y tampoco tenía ganas de hablar con nadie. Me sentía inútil y tenía la sensación de estar perdiendo el tiempo. En casa yo siempre tengo algo que hacer.

Seguí adelante evitando los cardos y las piedras, pensando, disfrutando del intenso olor a resina y de la presencia de los pájaros hasta que me tope con una cadena oxidada de la que colgaba un triángulo rojo de lata.

—¡Hasta aquí hemos llegado! —exclamé fastidiada.

No quedaba más remedio que volver sobre mis pasos o andar en horizontal de un lado al otro del pinar.

Volví despacio. Iba pensando lo mucho que me iba a aburrir aquel mes y que podría llegar a desgastar mi reloj de tanto mirarlo. Pensaba en Javi y en su olvido. No se podía decir que fuésemos novios pero, desde dos meses atrás, Javi y yo paseábamos después de clase, íbamos al cine los fines de semana, jugábamos en el ordenador del instituto... Era un chico simpático, alegre y ocurrente. Me hacía reír y conseguía aligerar la clase más pesada. Me gustaba estar con él y compartir confidencias. Mis compañeras daban por hecho que éramos novios pero Javi y yo no habíamos hablado de eso, aunque el día que me disgusté tanto por el seis que me había puesto el profesor de física en el examen, Javi me besó. Tal vez yo lo había tomado como algo más importante de lo que era en realidad. Tal vez me había dejado llevar por los comentarios de mis compañeras. Tal vez Javi...

Había llegado a la explanada frente al porche. Doña Carola leía bajo su sombrilla. Las gemelas y sus primos jugaban a la sombra.

Pasé sin decir nada y entré en el comedor. Olía a sopa y yo tenía hambre. Cerca del ventanal, en una mesita pequeña, comían los chiquitines. Nani metía la cuchara en la boca de mi hermano, que cansado y satisfecho, apenas podía mantenerse despierto. Le besé en la naricita manchada de puré y Carlitos dibujó una sonrisa.

Petra venía por el pasillo cargada con los platos. El mantel ya estaba extendido y los cubiertos se apilaban en un lado de la mesa.

—Deja que te ayude.

—¿Por qué? —preguntó como ofendida.

—Porque estoy muy aburrida —contesté casi a su oído.

—¿Aburrida? ¿No tienes tu bicicleta?

—No voy a salir sola por el pueblo y no sé si puedo pasear en bicicleta por la finca.

—¡No, no! La señora lo tiene prohibido.

—Lo suponía —comenté.

Petra comenzó a repartir los platos por la mesa procurando no hacer ruido.

—Doña Carola no quiere accidentes ni que se destrocen las plantas. Pero puedes pasear hasta el cenador. Hay una colección de rosales muy interesante —apuntó la chica—. También hay un rincón romántico.

—¿Romántico?

—Los nietos de la señora lo llaman así. Hay un lago pequeño, dos sauces, un macizo de mimosas... hasta hay un columpio largo con una enredadera.

—¿Y qué hay de comida?

Petra me miró sorprendida.

—Hoy sábado, cocido.

Apenas terminada la comida, los nietos de doña Carola subieron a las habitaciones para dormir la siesta. Yo no tengo costumbre de dormir después de comer y pensé que podría ayudar a Petra en la cocina en vez de perder aquellas dos horas sin hacer nada.

—¿Qué haces aquí? —preguntó en voz baja cuando me descubrió detrás de ella.

—No quiero dormir. Te ayudaré a recoger los cacharros.

—¡Chiiiiiissss! Baja la voz. No puedes ayudarme.

Iba a protestar, a decirle que yo recogía la mesa en casa y que estaba aburrida y harta de no hacer nada, cuando la chica me hizo una seña para que la acompañara al pasillo. Una vez allí, dijo:

—Escucha, sube a tu cuarto y quédate ahí hasta que termine mi trabajo. Luego pasaré a por ti y te enseñaré la casa.

Volví a la habitación atravesando aquel enorme corredor en el que no se oía ni el vuelo de una mosca. No había pasado media hora cuando Petra arañó suavemente en la puerta.

—Vamos.

La seguí por el pasillo. La chica andaba con cautela, pisaba como si el suelo pudiese desprenderse con cada paso.

—La abuela duerme abajo, ¿no? No puede oír lo que ocurre aquí arriba.

—Ella no, pero mi madre sí.

—¿Tu madre?

—Justina —me aclaró.

Al llegar a la escalera, Petra comentó casi sin voz:

—La planta de abajo no te la puedo enseñar ahora, la señora se enfadaría. De todos modos no hay mucho que se pueda visitar. Además del porche sólo está su habitación, el salón, el cuarto de los bebés, el comedor y la cocina que ya conoces... ah, y el despacho de don Carlos, el padre de la señora. Se conserva como él lo dejó y nadie puede entrar sin su permiso. Es como un santuario. Mi madre y yo lo limpiamos una vez al año en presencia de la señora y no se puede cambiar nada de sitio ni abrir cajones o alacenas.

—Tendrá su correspondiente triángulo rojo —comenté con ironía.

—¡Chiiiiiissss!

Subimos la escalera al tercer piso. Nada cambiaba de un piso al otro. Tal vez estaba un poco mejor cuidado o la decoración era menos cargada. Cinco de las habitaciones de aquel piso se reservaban para los hijos de doña Carola cuando, muy de vez en cuando, dormían en la casa. El resto estaban vacías o amontonaban trastos en sus paredes. El final de aquel pasillo remataba como el piso de abajo, con un ventanal que dejaba ver la sierra. Adosada a él, arrancaba una empinada escalera de madera oscura.

—¿Qué hay arriba? —pregunté.

—El torreón.

Empecé a subir con cuidado. Algunos escalones chascaban al apoyar el pie. Petra subió de un tirón, como si conociese cada nudo de la madera, abrió la puerta y me dejó pasar.

Era una habitación fantástica de planta cuadrada y techo altísimo. Tenía un balcón en el centro de cada pared y el resto de cada muro lo ocupaban estanterías y armarios. Delante de uno de los balcones, en una mesa de madera muy gruesa, descubrí a Francisco con la cabeza metida en la pantalla de un ordenador. Era un chico encogido de mirada ausente, al que no parecía interesar nada que no fuesen sus propios pensamientos.

—Aquí tienes todos los libros que quieras —me dijo Petra—. Puedes llevártelos a tu cuarto si te apetece.

—Y devolverlos luego —comentó el chico sin levantar la cabeza.

—Por supuesto —contesté molesta.

Había volúmenes de todas clases, desde tratados de matemáticas hasta revistas de moda encuadernadas. Carpetas atadas con cintas, rollos de mapas, cuadernos...

—Éstos son mis favoritos —comentó Petra.

Me extrañó el cambio de tono de su voz. Acariciaba los lomos de una manoseada enciclopedia que parecía tener menos polvo que los demás libros de la estantería.

—¿*Enciclopedia General de Física Cuántica*?

—Petra es una loca de la física —comentó el chico sin levantar la cabeza del ordenador.

—¡Es fantástico! ¿Dónde vas a estudiar?

—No voy a estudiar —contestó con tristeza.

Se apartó de la estantería y se asomó a la ventana.

—¿No vas al instituto o a la universidad?

—Ya no.

—¿Qué edad tienes?

—Quince.

La miré. Su cuerpo sí aparentaba quince años: menudo, activo, nervioso... Pero su expresión y su voz parecían mayores.

—¿No has hecho secundaria? —pregunté.

—He terminado este curso el bachillerato.

—Un año adelantada y con nueve de media —intervino Francisco, que parecía no estar a la conversación.

—¿Nueve? Podrías entrar a cualquier carrera —dije excitada—. Podrías hacer física si tanto te gusta. Puedes matricularte donde quieras. Podrías hacer...

—No voy a seguir estudiando —aseguró mientras pasaba el delantal por la barandilla del balcón.

—¿Por qué?

—Mi madre me necesita —contestó casi sin voz.

—Pero... tienes quince años. ¿Para qué te necesita tu madre, para poner la mesa y limpiar el polvo? Es una lástima.

—¡Es una mierda! —dijo Francisco, volviéndose hacia nosotras.

Petra le miró con dureza. Pasó dentro y se sentó en la pequeña escalerita móvil, cerca del telescopio.

—Mi madre quiere que ocupe su puesto en esta casa —explicó.

—¿Cuándo? —preguntó Francisco enfadado—. ¿Cuándo ella muera? ¡Vamos! Antes morirá mi abuela.

—Mi madre dice que aunque doña Carola falte, la casa será de los hijos de la señora y aquí seguirá habiendo trabajo.

No acababa de entender el argumento de Justina. Si lo que buscaba era un trabajo para Petra, lo mejor que podía hacer era dejarla estudiar. Era una chica brillante, se podría licenciar en ciencias o en cualquier rama de la física que tanto le gustaba y tendría la vida más fácil sin tener que fregar y limpiar todo el día tragándose sus ganas de investigar y aprender.

—Si es por dinero —apunté—, puedes solicitar una beca. Seguro que con tu nota media y la situación familiar...

—Es imposible —atajó Petra—. Mi madre ya lo ha decidido.

—El problema es su hermano —aclaró irónico Francisco—. ¿Quién se va a ocupar de Romulón cuando Justina falte? Pues la tonta de su hermana Petra.

—¿Romulón es tu hermano?

—Tiene un retraso psíquico de nacimiento —dijo Petra—. La señora ha permitido que viviese aquí con mi madre toda la vida y además le mantiene ocupado. No puede valerse por sí mismo y yo sería una egoísta si sólo pensase en hacer lo que me gusta en lugar de lo que es mi obligación.

No comenté nada más. Estaba claro que Petra y su madre lo tenían todo hablado y decidido. No era mi problema ni tenía por qué meterme en la vida de los demás. Si Petra lo encontraba bien... Aunque era realmente una lástima.

—Tonta, tonta, tonta... —repitió Francisco como para sí mientras volvía a su pantalla.

Repasé las estanterías buscando algún título que me apeteciese leer, aunque tenía en mi mesilla un tomo de Harry Potter sin empezar. Había muchos libros de historia y de política, tratados médicos, un atlas enorme que atascaba una estantería... Tiré de él para alcanzar un ejemplar muy desgastado de *El Principito* y una lata de galletas llena de fotografías se esparció por el suelo con estrépito.

—¡Chiiiiiiisssss! —exclamaron casi a la vez Petra y Francisco.

Nos quedamos quietos escuchando cualquier sonido que pudiese llegar de la escalera y sólo después de un rato nos miramos aliviados. Petra se sentó en el suelo y empezó a recoger las fotografías una por una para devolverlas a la caja, pero no podía evitar mirarlas con atención.

—Mira, así era el pueblo en vida de don Carlos.

Francisco se acercó y observó la amarillenta postal que le enseñaba Petra.

—Mi bisabuelo tenía un mini imperio —bromeó el chico.

—¿Era suyo el pueblo? —pregunté.

—No, pero como si lo fuera. Aparte de esta finca tenía tierras en los alrededores y un coto de caza. Creó una especie de corte a su alrededor. Organizaba monterías, certámenes de pesca y excursiones a la sierra. Era un hombre muy apreciado en su tiempo y tenía muchos amigos y gente que le hacía la pelota, ya sabes. Algunos de esos amigos se construyeron una casa de veraneo en el pueblo y, durante muchos años, éste fue un sitio con mucho estilo donde se reunía la alta sociedad. Vamos, un sitio muy pijo.

—Dice mi madre que era un hombre muy bueno y ayudaba a todo el mundo —explicó Petra—. Construyó casas para la gente del pueblo, asfaltó las calles del centro, restauró la iglesia y el monasterio, fundó las escuelas... La plaza mayor lleva su nombre.

—Todo aquí lleva su nombre —comenté.

—Ya no.

—¿Cómo que no? ¿Cuántos Carlos, Carlotas, Carolinas y más derivados hay en vuestra familia?

Francisco se quedó pensativo y luego contestó:

—Pues derivados de Carlos, contando a mi abuela, nueve.

Me miró a los ojos y luego comentó, como si fuese un descubrimiento:

—Pues sí, cansa un poco.

Petra había encontrado una foto de la boda de don Carlos y otra de una fiesta de disfraces. Revolviendo y colocando, entre comentarios, historias y risas, se nos pasó el tiempo hasta que el reloj de Petra emitió un extraño zumbido en su muñeca.

—¡Huy! Las cinco. Tengo que bajar a la cocina.

Intentó terminar de recoger muy deprisa las fotos que aún quedaban esparcidas y perdidas entre las patas de bola de las estanterías.

—Déjalo —dijo Francisco—. Yo recogeré.

Petra se levantó de un saltó, se estiró el delantal y echó a correr escaleras abajo.

—¡Qué vida! —exclamé.

—Es un asco —comentó el chico—. Petra vale muchísimo. Es inteligente, fuerte e incansable. Nunca tiene tiempo para ella. Nunca se divierte. La conozco desde que era muy pequeña y todavía reía de vez en cuando. Justina está amargada y yo no la culpo. El marido se fue para un trabajo y no volvió. Dicen que lo que más deseaba era un hijo y no pudo superar lo de Romulón. Esperó un segundo hijo y entonces nació Petra, una niña. Debió deprimirse o quién sabe qué pasó por su cabeza. El caso es que dejó a Justina con los dos niños y desapareció. Mi abuela le dio trabajo aquí y la dejó traerse a los niños. Romulón se crió salvaje, sólo obedece a su madre y a mi abuela, pero se maneja en su trabajo. Petra ha pasado los inviernos interna en un colegio y los veranos aguantándonos a nosotros.

La expresión de Francisco se entristeció.

—Ahora se quedará a limpiar aquí todo el año. Se merece algo mejor de lo que va a tener. Pensar en ella vestida de negro como su madre, paseando por esta casa apolillada sirviendo a vete a saber cual de mis parientes... me revuelve la sangre.

Terminamos de recoger las fotos en silencio. Un montoncito de pelusa acusaba el lugar en el que habían caído. También había pelusa bajo las estanterías y en los rincones de las paredes, las telas de araña empolvadas parecían murciélagos.

—Este sitio necesita una buena limpieza.

Francisco siguió mi mirada por los rincones.

—Sí... lo he pensado alguna vez. Me gustaría ordenarlo todo y saber lo que hay. Las filas de libros que se ven, esconden otras dos filas detrás y entre medias hay cajas, carpetas, legajos...

Se estiró, arrinconó con el pie el montoncito de pelusa y añadió:

—Hace tres años que lo pienso, pero me llevaría todo el mes ordenar y limpiar el torreón, y bueno... son mis vacaciones.

—Te podrían ayudar los chicos. Entre todos no tardaríamos nada.

—Sí, es una idea pero les temo. Todos juntos son muy peligrosos. Sólo piensan en divertirse.

—¿Funciona el telescopio?

—Sí.

Me acerqué curiosa y, nada más asomarme al estrecho ojo del aparato, descubrí, como allí mismo, el hilo brillante del río, la entrada de la carretera que se desviaba hacia el pueblo y unos hombres que, subidos a un poste, reparaban unos cables.

—Aquí se va mucho la luz, ¿verdad?

—Bueno... si descarga una tormenta fuerte...

—Anoche se fue la luz.

—Anoche no —contestó Francisco sentándose de nuevo frente al ordenador —. Estuve aquí chateando hasta las cuatro.

—Pues en mi cuarto se fue la luz —aseguré.

—¿En tu cuarto? Estás en la habitación del fondo ¿no? Entonces fueron las gemelas. Siempre andan gastando bromas de esas.

—¿Cómo pudieron las niñas cortar la luz de toda la casa?

—No, de toda la casa no. Sólo del cuarto del fondo.

—Los faroles del jardín también estaban apagados —aseguré.

—Por la noche sólo se queda encendido un piloto en el pasillo de la cocina. La abuela no permite ninguna luz innecesaria.

Recordé que la llave de la luz estaba dentro de la habitación y que la lamparita de la mesilla tampoco había funcionado.

—¿Cómo pudieron cortar la luz de mi cuarto desde fuera?

—Los fusibles —explicó Francisco mientras tecleaba—. Los fusibles de esa habitación están fuera, cerca del rincón del ventanal, en un armarito empotrado tapado por un cuadro. Seguro que las niñas rompieron el candado. Como se entere la abuela...

¿Por qué tenía aquella habitación unos fusibles para ella sola? Recordé la percha bajita detrás de la puerta y el cerrojo casi en el cerco superior. Era una habitación muy rara.

Paseé el telescopio por la sierra sombreada de azules y me detuve sobre un rebaño de ovejas que caminaban sobre la línea desdibujada de un cortafuegos.

—¿Se ven las estrellas? —pregunté.

—Si está la noche clara, sí.

—¿Puedo subir de noche?

—Si no haces ruido...

Pasé el resto de la tarde en el torreón hasta que aquel extraño reloj dejó oír su voz rota anunciando la hora de la cena.

—¡No hemos bajado a merendar! —exclamé asustada—. ¡Me veo en Santa Cipriana!

—No —rió Francisco—. La merienda sólo es obligatoria para los pequeños. Si quieres merendar, bajas a la cinco y te sientas con ellos.

—Uf, menos mal.

Y Francisco siguió riendo mientras cerraba su ordenador y entornaba los balcones que daban a la sierra.

—Por la noche refresca —me aclaró—. El relente lo deja todo como mojado.

IV. La galería ciega

Los días siguientes fueron más distraídos. Estaba en contacto con mamá y Hugo, que ya se encontraban en El Cairo, a través del móvil y conseguía entretenerme charlando y ayudando a Berto a cuidar el jardín, jugando con Carlitos o leyendo bajo la sombra de aquel cenador acristalado que constituía el centro del empalagoso jardín romántico.

Todas las mañanas visitaba la casa un profesor de abultada barriga, que se sentaba en una hamaca bajo el abeto grande que iniciaba el pinar y corregía sobre una carpeta los ejercicios de los chicos que, sentados alrededor, atendían su aflautada voz. A mí sólo se dirigió el primer día para preguntarme:

—¿Ya has terminado el bachillerato, y qué vas a hacer?

—Periodismo —le contesté.

—Bonita carrera.

Y eso fue todo lo que hablé con él.

Durante las clases al aire libre me gustaba atisbar el gesto de la abuela, que sentada en su sillón de mimbre cuajado de almohadones, observaba de uno en uno y en conjunto al racimo de sus nietos trabajabando entre fastidiados y resignados. El mismo gesto de satisfacción que cuando veía a los mayores de pie y en silencio alrededor de la mesa, esperando a que ella se sentase para comer. La misma mirada acabada en suspiro que dejaba correr entre las ramas de los pinos centenarios que perfilaban sus dominios. Su gesto sólo se teñía de ternura cuando Nani le acercaba alguno de los pequeñines, a los que hablaba bajito mientras les dejaba jugar con su collar de azabache. ¿Qué edad tendría aquella mujer? ¿Setenta años? Su cara arrugada guardaba todavía cierta belleza. Su pelo, muy cuidado, enmarcaba su orgullo. Debía sentirse como un patriarca una vez al año, disponiéndolo todo y rodeada por la obediencia y el respeto de sus nietos.

Pero aquellos chicos sólo fingían respeto. Había tenido tiempo de comprobarlo la primera y única vez que salí con ellos en bicicleta. Cuando se sentían fuera de la influencia de su abuela, el grupo se volvía salvaje. Les gustaba recorrer el pueblo a todo gas, asustando a las pocas gallinas que picoteaban frente a las casas bajas de los habitantes del lugar. Hacían carreras y se retaban por la calle principal sin tener en cuenta la posibilidad de atropellar a cualquiera que se atreviera a atravesarla. Se reían a carcajadas de las ingeniosas ocurrencias de Carlota, cuando la mayoría de las veces tenían que ver con comentarios crueles o burlones sobre los paisanos con los que se cruzaban. Mi bicicleta, más pesada, y mi falta de práctica me hacían ir rezagada y tenía ocasión de sentir las miradas de rencor de los viejos que jugaban al dominó frente al único bar de la plaza, y de oír las veladas maldiciones de la panadera, a la que acababan de tirar el cesto de los colines.

Tampoco obedecían ciegamente las otras normas dictadas por la abuela. Yo les oía correr por el pasillo a oscuras por las noches, después de aquel estúpido toque de queda, y también les había descubierto en alguna ocasión tirando al suelo, bajo la silla, el resto de comida que no les apetecía. No se dirigían directamente a la abuela ni la molestaban sin permiso, pero tampoco lo necesitaban porque en realidad hacían lo que les venía en gana. Sólo dos de aquellas normas eran respetadas por la pandilla de nietos de doña Carola: la que prohibía la entrada con triángulos rojos y, aparentemente, la de la hora de siesta. Y esas dos normas eran precisamente las que yo no estaba dispuesta a acatar.

Los primeros días aprovechaba la hora de siesta para subir al torreón, pero era el único momento que Petra tenía para disfrutar de la lectura y de la compañía, casi siempre silenciosa, de Francisco y enseguida tuve la sensación de que les robaba algo muy importante para ellos, que se veían obligados a atenderme y a escucharme. Por eso dedicaba aquellas dos horas a investigar por la casa y a tratar de descubrir el porqué de aquellos oxidados triángulos rojos. Por la noche, después de la cena, subía a ver las estrellas o a escuchar las historias tenebrosas que contaba Francisco ante la cara embobada de Petra. Así, sin nada que hacer, había dejado pasar dos semanas.

Pero, aquella tarde, después de comer, cuando todo en la casa parecía haberse detenido en el tiempo, pensé que todavía no conocía más allá de la cocina. Me intrigaba aquella nave de tejas desiguales que fugaba sus líneas desde la ventana del cuarto de baño. Yo calculaba que tendría paso desde la cocina porque había visto la ventana de la despensa orientada a la misma fachada.

Esperé a que los chicos estuvieran todos en sus habitaciones y a que Petra subiera silenciosa hacia el torreón, para salir al pasillo. Como cada tarde, caminaba sólo con calcetines para evitar cualquier sonido. El primer piso se encogía entre las persianas cerradas, que sólo dejaban pasar sus pequeños ojitos de luz. Atravesé el comedor recién pulido por la mopa de Petra y llegué frente a la puerta de la cocina. Me asomé con cuidado, no sabía si Lina, la cocinera, también dormía siesta o si se quedaba en la cocina. No se oía nada. Los cacharros de la comida se escurrían apilados boca abajo en el escurreplatos. El olor a jabón se mezclaba con el del azúcar quemado que preparaba la cocinera cada mañana para caramelizar los flanes de la merienda.

Nadie, el camino estaba despejado.

«Qué fría es esta cocina», pensé.

Aparte de la puerta de entrada, aquella habitación tenía otras tres enormes puertas que casi llegaban hasta el techo. Una, la del centro, era la despensa. La había visto abierta el día que fui a buscar a Berto. Las otras dos tenían la llave puesta en la cerradura.

Abrí la de la izquierda y comprobé que, tras ella, comenzaba un pasillo estrecho y oscuro con puertas a uno de sus lados, y se alzaba una escalera de piedra verdosa que recibía una luz muy tenue desde lo alto. Miré hacia arriba pero no conseguí ver el final. Era una escalera que bajaba desde algún lado de la casa y moría en la cocina. Cerré con cuidado para que la cerradura no me delatase.

La puerta de la derecha conducía a aquella galería que había entrevisto desde el pasillo en la que montaban una guardia sorda una fila de macetas muertas. Por uno de sus lados, la galería dejaba ver el jardín a través de una cristalera tan empañada por el polvo que velaba los contornos.

Caminé hacia el fondo esperando encontrar una salida al exterior, pero el final de aquel pasillo era una puerta apenas dibujada en la pared. En el centro, a la altura de un pomo inexistente, estaba colgado el esperado triángulo rojo.

Di un paso atrás. De nuevo la prohibición. Escuché. No se oía ni el vuelo de una mosca. El sol caía de lleno sobre los cristales emborronándolo todo. La hora de siesta paralizaba la casa en un inquietante sopor. Tendría que haber hecho caso al triángulo rojo y haber subido a recostarme en la cama, pero un escalofrío de curiosidad me hizo seguir adelante.

Observé la puerta buscando un picaporte con el que poder abrir pero no había nada, ni un clavo, ni una anilla... nada con lo que tirar. Sólo el agujero desbocado de una cerradura cegado por las telarañas tejidas en su interior. La arena y el polvo se acumulaban en el suelo tapando la rendija bajo la puerta. Hacía mucho tiempo que nadie la abría. Miré hacia atrás, mis huellas se marcaban en el suelo de la galería dibujadas en el polvo. ¿Cuánto tiempo hacía que nadie se aventuraba por aquel pasillo? ¿Qué había al otro lado? Era la segunda vez, desde que estaba en aquella casa, que me sentía como Alicia, pasando a través de puertas desconocidas con la sensación de ser muy grande o muy pequeña.

Observando la hoja con atención, descubrí que no se veían bisagras ni goznes por ningún lado. Se abría hacia dentro o tal vez la hoja de la puerta estaba clavada al quicio. Apoyé el pie en la madera y apreté con fuerza. Sonó un chasquido como si algo se hubiese roto y la puerta cedió con un pequeño aullido oxidado.

Al otro lado seguía el pasillo, pero ahora los huecos hacia el exterior eran sólo rendijas abiertas en la parte alta de la pared que perfilaban el techo y dejaban rebotar la luz hasta el suelo formando rayas y canales.

Sentí un nudo de angustia. Aquel pasillo, algo más estrecho que la galería de las macetas, no tenía ningún hueco ni entrada en toda su longitud. Era como un tubo sin salida y la luz y la sombra, alternándose, no dejaban adivinar el final.

Avancé unos pasos y busqué algo con lo que calzar la puerta para evitar que pudiera cerrarse dejándome encerrada como ocurre en tantas películas de misterio. Sólo encontré en el suelo los dos tornillos de la oxidada cerradura que había chascado al empujarla. Era una cerradura muy grande y muy vieja, parecía una lata o una caja de metal atornillada a la puerta y por la rendija que quedaba entre ella y la madera, asomaba un trozo de alambre del muelle que se había partido. Coloqué uno de los tornillos trabando la cerradura y miré al fondo del pasillo, tenía que conducir a alguna parte.

Por un lado me parecía muy peligroso aventurarme por aquel pasadizo tan largo y sin salidas y por otro, la curiosidad y el misterio me empujaban hacia el fondo.

«Si atravieso corriendo» —pensé—, «llegaré enseguida a donde quiera que acabe este túnel». «Si me echo atrás, no podré dejar de pensar en él».

Me subí los calcetines, suspiré, miré al fondo preparándome para la aventura y entonces la vi. Era una figura alta, azulada, transparente, apenas dibujada sobre el claroscuro de la pared. Estaba a unos cinco o seis metros y parecía avanzar hacia mí, pero sólo se balanceaba como suspendida de un hilo invisible. Aunque no se movía, algo como flecos o velos grisáceos oscilaban a su alrededor mecidos por un viento muy suave. No tenía cara, o yo no podía distinguirla, pero parecía llevar el pelo recogido detrás de la cabeza y lo que más destacaba, con un brillo hipnótico, eran tres puntos de un intenso color violeta a cada lado de la cabeza, como si llevase unos preciosos pendientes largos.

Tardé varios minutos en respirar. No podía apartar la vista de aquella figura y ella, fuese lo que fuese, no parecía darse cuenta de mi presencia. Intenté tranquilizarme y decidir qué debía hacer. ¿Gritar? No, mi garganta no respondía, además, la prohibición de hacer ruido durante la hora de siesta había calado muy hondo en mi mente. Podía cerrar la puerta del pasillo y volver a mi cuarto sin decir nada a nadie, pero ya era imposible volver a cerrar la puerta como estaba antes y quien sabe si aquella «cosa» podría entrar en la casa y hacernos daño, y el pensamiento de que Carlitos dormía a unos cuantos metros de aquella puerta no me permitía arriesgarme. La otra opción era enfrentarse a «aquello» pero... ¿Con qué? Ni siquiera tenía zapatos.

De pronto recordé las macetas muertas que se apoyaban en la pared de la galería anterior a aquel pasillo. Retrocedí y cogí la primera maceta. Con las manos llenas de telas de araña y el corazón saltando en mi pecho, volví hacia la galería ciega con la decisión de tirar el tiesto sobre la figura, pero... ya no estaba.

Había desaparecido de la misma forma en que había aparecido, sin avisar, sin un ruido, sin una señal...

Me temblaban las piernas y un sudor frío empapaba mi espalda. ¿Lo había imaginado? ¿De dónde había salido aquella figura azul? No había puertas ni ventanas en aquel pasillo y por las rendijas alargadas cerca del techo no cabía nadie. Tal vez era...

«¡Un fantasma!», me dijo mi pensamiento.

Pensé deprisa, buscando la manera de atrancar la puerta. Me quité el cinturón y lo abroché alrededor de la maceta. Puse el tiesto en el suelo, detrás de la puerta y tiré del extremo del cinturón después de salir. La maceta arrastró la puerta patinando entre arena y polvo y la cerró dejando apenas una rendija del grueso del cuero de mi cinturón.

Una vez en la galería, volví corriendo a la cocina y cerré la puerta. El reloj del horno marcaba las cinco menos diez. Tenía que llegar a mi cuarto enseguida porque la cocinera debía de estar a punto de entrar a preparar las meriendas de los pequeños pero antes de alcanzar la puerta de salida, se abrió la que conducía a aquella escalera de piedra y apareció Petra.

—¡Ay! —exclamó asustada—. ¿Qué haces aquí? Y... ¿qué te pasa?

—Yo... he... he visto un fantasma —le dije, aunque me había hecho el propósito de no contárselo a nadie.

—¿Dónde?

Señalé la puerta de la galería.

—Vamos, Casandra. Los fantasmas no existen. Sería un gato. ¿Qué hacías en la galería?

Iba a contestar cuando las zapatillas que arrastraba Lina por el pasillo que traía del comedor, me interrumpieron.

—Tienes que salir de la cocina —dijo Petra—. ¡No! Espera, por aquí.

Me llevó del brazo hasta la puerta por la que había aparecido ella un momento antes, la abrió, señaló la escalera en penumbra y añadió en voz baja:

—Esta escalera te llevará al piso de arriba. En el último rellano encontrarás una puerta que sale al pasillo. La puerta de enfrente es la de tu cuarto. No hagas ruido.

El final de aquella escalera se abría al primer piso, junto al ventanal, justo frente a la puerta de la habitación que yo ocupaba. ¡Claro! Por allí bajaba Petra cuando desaparecía en el corredor del primer piso, antes de tener tiempo de llegar a la otra escalera, la del friso de azulejos.

Me tumbé sobre la cama intentando poner en orden mis ideas. ¿Qué era lo que había visto? ¿Cómo sabía que era un fantasma? Los fantasmas de las películas se movían, hablaban, hacían ruidos, arrastraban cadenas... Lo que yo había visto era silencioso y tranquilo. Los fantasmas de las historias de miedo llevaban una sábana y atravesaban las paredes y «aquello» llevaba un vestido azulado y oscilaba como colgado de un hilo invisible y sobre todo... ¡Los fantasmas no llevan pendientes!

Si no era un fantasma, ¿qué era? Podía haberlo creado mi fantasía, pero nunca me había pasado algo así. No soy miedosa y me tengo por una persona práctica y realista. ¿Tal vez el miedo o la prohibición de atravesar la puerta había creado aquella visión? Era una posibilidad, pero entonces... ¿qué pintaban los pendientes violetas? Nunca había visto unos pendientes como aquéllos ni iba pensando en pendientes. Ni siquiera me gustaban los pendientes tan largos. ¿Qué explicación tenía?

No podía parar en la cama, me había quitado los calcetines sucios pero sentía las manos arañadas y el pelo pringoso. Entré en el baño y empecé a llenar la bañera. Aparté el antipático centro de flores secas del poyo de la ventana y dejé que el aire caliente de la tarde llenase la habitación. Desde la estrecha ventana enrejada miré el tejado que se perdía sin final cubriendo aquella extraña nave. Si la cocina estaba debajo de mi habitación y la puerta de la galería de las macetas se abría a la derecha de la despensa... Si la escalera de escape que usaba Petra quedaba a la izquierda... Si el sol entraba por la derecha... y allí se situaba el jardín... aquel tejado de líneas convergentes era... el interminable tejado de la galería ciega.

«¡Ja! Con razón dice Hugo que se me daría bien la arquitectura», comenté para mí.

Después de un baño con el agua más templada que se podía conseguir en aquella bañera, con la ropa limpia y el sol inundando la habitación, me sentí más tranquila.

Me asomé al balcón de mi cuarto. Olían las petunias y la hierbabuena de los setos, y las risas y grititos de los más pequeños llenaban de vida la tarde. No podía asomarme mucho porque la reja no lo permitía, y entonces me di cuenta de que aquel balcón era el único enrejado de toda la fachada. ¿Por qué?

La figura delgada de Berto se acercaba por el camino del cobertizo. Antes de llegar a la explanada levantó la cabeza y me vio en el balcón. Me saludó con la mano y me hizo una seña para que bajase.

—Dice Petra que has visto un fantasma —comentó apenas llegué al jardín.

— Bueno, no sé si es un fantasma.

—¿Dónde?

—En una especie de pasillo sin ventanas, detrás de la galería de las macetas.

—Esa galería es sólo un viejo invernadero, ya no se usa. Nadie va por ahí —dijo el chico preocupado.

—Sí, ya tropecé con el triángulo rojo, pero ¿por qué? ¿No forma parte de la casa?

Berto se encogió de hombros, miró hacia el portal, por el que aparecía despacio la abuela apoyada en su bastón de plata, tiró de la manga de mi camisa y dijo:

—Ven.

Le seguí sin preguntar nada. Atravesamos los setos del lado derecho de la casa y apareció el ventanal de la cocina. Berto se agachó y me indicó que lo hiciera yo también al tiempo que se ponía un dedo en los labios para que no hiciese ruido. Pasamos agachados el ventanal abierto, desde el que se oía el pitido silbante de la olla rápida que guisaba la verdura para la cena, y llegamos a una parte de la finca nueva para mí.

El jardín terminaba allí, entre cardos y plumeros verdes. Olía a tomillo y algunas piedras de granito manchadas de musgo seco levantaban el suelo. A la izquierda, dibujada por cristales cubiertos de polvo, quedaba la pared de la galería de las macetas, pero vista desde fuera.

—¿Dónde vamos? —pregunté.

—Mira, Casandra. El muro que bordea la finca termina aquí, al final del invernadero, de la galería de las macetas, como tú la llamas.

—¿Y?

—Pues que el muro de piedra es más alto que la galería. La finca termina aquí. ¿Cómo va a haber un pasillo comunicado con la galería fuera de la finca?

—El muro no es más alto que la galería. Sólo llega hasta el tejado.

Berto miró hacia arriba y se quedó parado.

—El tejado continúa —le expliqué.

—¿Fuera de la finca? ¿Por qué no lo he visto nunca?

Le miré extrañada. Él se había criado allí.

—¿Qué hay al otro lado?

—Pues...

Berto pensaba.

—Yo sólo salgo de aquí para ir al instituto, a Madrid o al médico y siempre me llevan en coche. No sé qué hay al otro lado pero me figuro que el campo. Esta finca es el final del pueblo.

—¿No sales en bicicleta?

—No.

Estaba tan preocupado, tan interesado, tan delgado, tan pálido...

—¿Me acompañarías a la galería ciega?

V. La figura azul

Había quedado con Berto en la despensa a las cuatro y el tiempo se me hacía eterno esperando su llegada. Me entretuve curioseando los botes de conservas y los paquetes de galletas que se alineaban en los estantes hasta que oí abrirse con cuidado la puerta que daba a la escalera de piedra. Esperaba ver la delgada figura del chico, pero la que entró fue Petra.

—Yo te acompañaré.

—¿Y Berto?

—Está en el jardín —contestó la chica en voz baja—. Me ha costado mucho convencerle de que él no puede entrar en esta galería. Hay demasiado polvo.

No entendía nada. ¿Por qué no podía entrar?

Antes de que pudiera pedir una explicación, Petra abrió la puerta que comunicaba la cocina con la galería de las macetas y me esperó para que entrase. Luego cerró con cuidado tras nosotras.

Como la tarde anterior, el sol desdibujaba los contornos del jardín a través de la cortina de polvo que empañaba los cristales, pero aun así pude distinguir al otro lado la esbelta figura del chico.

—Berto tiene un problema en los pulmones —me explicó Petra mientras caminábamos despacio entre las macetas muertas—. Si entra aquí, el polvo le hará toser y nos delataría. Además se pondría enfermo.

—Tiene alergia —aventuré.

—No, es algo que tiene desde pequeño —me aclaró Petra—. A veces está mejor y a veces peor. Es mejor no arriesgarse.

Habíamos llegado a la puerta que yo había trabado con la maceta y mi cinturón. Todo seguía como yo lo había dejado, nadie había traspasado aquella entrada, pero sentía castañetear mis dientes.

Miré a Petra, que me observaba esperando mi decisión. Al otro lado de la sucia vidriera, la cara de Berto intentando hacerse sombra con las manos cerca del cristal me dio ánimo.

—Vamos.

Empujé la puerta con fuerza y la maceta se apartó arañando el suelo con la arena. El pasillo se mostraba como la tarde anterior, con líneas de luz y sombra que rayaban las paredes al ritmo de las rendijas altas que daban al jardín.

Temblando levanté la mirada y... allí estaba, suspendida y oscilante como la tarde anterior.

—Mírala —dije sujetándome al brazo de Petra.

—¿Dónde?

—Ahí, ¿no la ves?

—No.

—Entre la séptima y la octava rendija —indiqué—. ¿No ves cómo brillan los pendientes?

—¿Qué pendientes? Sólo veo un pasillo largo y sin fondo —dijo la chica con la voz ronca.

Estaba claro que Petra no podía verla. ¿Era producto de mi mente? Me había quedado paralizada, mi pensamiento saltaba de una idea a otra sin poder quedarme en ninguna. De pronto Petra echó a andar hacia delante.

—¿Dónde vas? —pregunté asustada.

—A ver dónde acaba este pasillo.

—Espera, tendrás que pasar a través de ella.

—No hay nada, Casandra.

No quería avanzar por aquel corredor y tampoco quería quedarme sola ni dejar que Petra... pero la chica ya avanzaba con paso cauteloso por las losetas de granito alfombradas de arena y la seguí apoyándome en sus hombros.

Según caminábamos, la figura azul iba diluyendo sus contornos hasta que no pude distinguir más que un ligero cambio de color en la luz a la altura del lugar en el que se aparecía. Al pasar entre la séptima y la octava rendija, un viento helado nos sobrecogió.

—¡Qué frío! —exclamó Petra.

—¿Lo has sentido?

Petra avanzó unos pasos.

—Aquí ya no hace frío.

Volvió hacia atrás.

—Es sólo aquí. En este tramo.

—Es aquí donde la veo —dije casi sin voz.

—¡Corre!

Corrimos hacia la entrada del pasillo y cuando tiraba del cinturón para cerrar con el peso de la maceta, volví a verla quieta, impasible, meciéndose en su viento helado.

En la cocina nos esperaba Berto.

—¿Qué ha pasado?

—La ha vuelto a ver —dijo Petra.

La miré agradecida. Podía haber dicho que ella no había visto el fantasma, poniendo en duda mi versión, pero no parecía dudar que yo pudiese ver aquella «cosa».

—¿Qué crees que es? —preguntó Berto.

Petra se limpió las manos con el delantal, se encogió de hombros, miró a su alrededor insegura y dijo:

—No lo sé —y añadió—: Salgamos de aquí.

—A mi cuarto —invité.

Subimos por la escalera de piedra y entramos en mi habitación. Tuve que esperar a que llegase Berto, que subía muy despacio detrás de nosotras.

—¿No será tu propio miedo el que crea esa visión? —preguntó el chico, aún jadeante.

—No lo sé. Pero la primera vez que lo vi no sentía miedo, sólo curiosidad.

—Pero Petra no lo ha visto.

—No.

—¿Estás leyendo esto? —preguntó al ver mi libro de Harry Potter en la mesilla.

—Sí.

—¿No será una sugestión? —preguntó ahogando un golpe de tos.

Petra se acercó a la mesa y cogió mi cuaderno y un lápiz, me lo acercó y pidió:

—Dibújalo.

Nos sentamos en el borde de la cama, y Berto y Petra siguieron con atención mis trazos sobre el papel.

—Los pendientes es lo que ves más claro —dijo el chico.

—Brillan —expliqué—. Son largos, como formados por tres bolas de distintos tamaños, más pequeña la primera, un poco mayor la segunda y más grande la última, que oscila sobre su cuello. Así.

Dibujé aparte uno de aquellos pendientes tal y como los veía destacar sobre el fondo azul de aquella misteriosa sombra.

Petra me arrebató el cuaderno.

—Estos pendientes... —empezó temblorosa.

Estaba muy pálida y su pelo con algunos mechones fuera de la goma que lo contenía, enmarcaba su inquietud.

—En el salón hay un cuadro..., un retrato de una señora..., un lienzo muy oscuro... Tiene unos pendientes como ésos.

—Enséñamelo.

—No tenemos permiso para entrar en el salón.

—Pues entraremos sin permiso.

—¡Son las cinco! —exclamó Petra al oír la voz rota de aquel lejano reloj que marcaba el latido de la casa.

Y salió disparada dejando mi cuaderno sobre la cama y la puerta abierta.

—Hay muchas cosas raras en esta casa —comenté—. Tantas habitaciones prohibidas..., tantas normas...

—Doña Carola es muy amante de sus cosas —contestó Berto—. ¿Te imaginas que tuviese todo abierto con tanto niño suelto? ¿Qué quedaría del salón o del despacho de su padre?

—¡Bah! Ni que fuera El Escorial.

—Para ella es muy importante. Adoraba a su padre y sigue manteniendo su recuerdo y su admiración por toda la casa y por el pueblo. Guarda todo lo que era suyo como si fuesen tesoros que mantiene en custodia. Realmente era un hombre muy importante, intachable. Con decirte que la priora de Santa Cipriana quiere promover su beatificación...

—¿Tanto?

Berto me relató algunas de las insignes hazañas del fundador de la familia, anécdotas, maravillas, caridades, influencias...

—Mi colegio en Segovia es una de sus obras —añadió.

—¿Vas a seguir estudiando?

—No. ¿Para qué? —dijo con tristeza.

De pronto se levantó del borde de la cama, como para cortar la conversación, y se asomó al balcón.

—Va a llover —apuntó.

—¿Cómo lo sabes?

—Sopla el viento de la sierra.

Las copas de los pinos se columpiaban a ráfagas creando una ola que avanzaba del fondo hacia la explanada. En el camino entre los setos se formaban pequeños remolinos de polvo. Romulón se acercaba a la casa balanceando su enorme cuerpo.

—Viene a por la cena —me explicó Berto.

Y me habló del carácter arisco de aquel mocetón que la tomaba con él cada vez que le veía.

—No tiene nada más en la vida que vigilar la entrada. Nada más parece importarle. Se pasa allí las horas haga frío o calor y en verano vive en la caseta. Allí tiene la cama y el baño y sólo viene a la casa cuando necesita algo. Su hermana se ocupa de su ropa, de llevarle la comida, de limpiar la garita... Hoy debe andar retrasada Petra y él viene a por la cena. A la pobre le caerá doble regañina, la de Romulón y la de Justina.

—Ella tampoco va a seguir estudiando y no es justo. Petra puede hacer una carrera brillante.

—Sí —respondió sin ánimo—. Lo sé.

Nos quedamos callados durante un rato con la mirada perdida entre el horizonte de pinos y los aullidos de las golondrinas.

—Qué lugar tan extraño —comenté—. Fantasmas y golondrinas.

—¿Tienes miedo?

—Estoy asustada.

Me miró a los ojos, me quitó algo del pelo y dejó resbalar el dorso de su mano por mi cara.

—No te preocupes, Casandra. Si hay algo allí abajo no será nada nuevo, llevará años prendido en el techo o volando por las paredes. Todo sigue como siempre. Conozco la finca desde que tengo recuerdos y te aseguro que hasta el tiempo pasa por San Carlos sin hacer ruido.

—¿Estás seguro? —pregunté al oír la campana rota que señalaba las seis—. ¿De dónde es ese reloj?

—Pues... no sabría decirte. De la finca no es; eso, seguro. La señora lo habría mandado callar hace tiempo. Será del pueblo, del ayuntamiento o de la ermita. Estamos tan acostumbrados que ya ni le oímos.

Me miró de nuevo y aseguró:

—No estás tranquila.

—¿Cómo puedo estar tranquila? Esta casa esconde algo.

—Casandra...

—Explícame —le interrumpí—. Explícame por qué esta habitación es la única que tiene rejas en el balcón y en la ventana del baño. ¿Qué significa este cerrojo en la parte alta de la puerta? ¿Por qué la percha está a la altura de un niño pequeño? ¿Por qué hay en el pasillo un cajón de fusibles sólo para este cuarto? Y, lo más importante: ¿por qué me han dado a mí esta habitación?

Berto observó todos los detalles que yo le señalaba. Entró en el baño, revisó las rejas y salió al pasillo a comprobar el cajón de los fusibles.

—Es verdad... yo nunca había entrado en esta habitación. Me parecía igual que las otras pero... las habitaciones del primer piso no tienen cuarto de baño, comparten dos que hay en el pasillo y la puerta... ¡Mira! También hay un cerrojo fuera.

—Vaya, que me pueden dejar encerrada cuando se les antoje —dije con rabia.

Berto entraba y salía de la habitación pensativo.

—¿De quién sería este cuarto? —se preguntó.

Le cogí de la mano, le metí de nuevo en la habitación para no llamar la atención de los nietos de doña Carola que empezaban a salir de sus cuartos, cerré la puerta y le llevé frente a la ventana del baño.

—Mira —le señalé—. Ése es el tejado de la galería ciega.

Berto miraba absorto las hileras de tejas que se perdían a lo lejos entre las ramas.

—¡Fantástico!

—¿Comprendes ahora?

—Tengo que entrar en esa galería y saber adónde conduce, para qué sirve —dijo como para sí.

—No te dejarán. Hay mucho polvo y...

No me atrevía a terminar, Berto no me había hablado nunca de su enfermedad. El chico me miró como tratando de averiguar cuanto sabía sobre él.

—Tomaré precauciones.

—¿Cuándo entraremos?

—¿No tienes miedo de volver?

—No.

Me sonrió.

—Mañana, durante la hora de siesta. Es el momento más seguro. ¡Ah! No se lo digas a nadie, ni siquiera a Petra.

Como si nombrar a la doncellita fuese un conjuro, Petra arañó la puerta de la habitación.

—¿Quieres entrar al salón? —preguntó excitada—. Mi madre está dando las friegas a la señora y tardará un rato. Tengo la llave. Si no hacemos ruido, podemos entrar ahora.

Entonces vio a Berto.

—¿Aún estás aquí? ¿Con la puerta cerrada?

El chico atravesó la habitación y, con su andar pausado, se acercó a la puerta. Al pasar cerca de Petra se acercó a su oído y susurró con una sonrisa:

—Tranquila, ya me voy.

—Espera, puedes ayudarnos. Vigilarás fuera.

Bajamos juntos por la escalera de azulejos. En la explanada frente a la casa, cuatro de los nietos mayores de doña Carola jugaban a las cartas.

—¡Cuidado! —susurró Petra—. Que no nos vean.

El salón estaba oscuro. Petra no quiso encender la luz y, como había cerrado la puerta nada más entrar, me quedé quieta intentando acostumbrarme a la oscuridad. Olía a polvo, a naftalina y a flores viejas como toda la casa.

Petra entreabrió uno de los postigos y una línea de luz descubrió una pared decorada con espejos y apliques llorones. Era un salón muy grande solado con maderas crujientes. En el techo, una araña de cristal con forma de corona atraía todo el protagonismo.

—Pisa sobre la alfombra —me indicó Petra en voz muy baja.

La seguí sorteando las butacas y los sillones, procurando ocupar lo menos posible.

—Espera —susurró.

Se acercó a una de las ventanas, metió la mano tras la pesada cortina granate buscando un interruptor y encendió el pequeño aplique de latón que iluminaba un oscuro cuadro sobre un mueblecito de caoba.

—Aquí están —musitó Petra.

Del profundo negro que fondeaba la pintura apenas se percibía la figura de una mujer joven. El pintor la había retratado de perfil pero con la cabeza vuelta, como mirando al espectador que se atreviese a contemplarla. Llevaba un vestido blanco sombreado en grises y en sus orejas lucía unos pendientes largos formados por tres brillantes gotas de amatista.

—¡Dios mío!

—¿Son ésos?

—¡Exactos!

Petra contempló a mi lado el cuadro unos minutos más y luego, sin decir nada, apagó el aplique, esperó a que yo estuviese junto a la puerta y cerró el postigo que había abierto. Caminó a oscuras hasta rozarme con la mano y, a tientas, abrió una rendija de la puerta. Miró al exterior hasta encontrar la mirada de Berto, que montaba guardia y abrió un poco más, lo suficiente para que pasásemos las dos. Luego dio dos vueltas a la llave y desapareció camino de la cocina.

Berto me miró con la calma de sus ojos azules.
—Estás temblando. Eran ésos ¿verdad?
Y sólo pude asentir con la cabeza.

VI. Queso y nueces

Amaneció el día nublado. Había dormido mal, despertándome a cada rato y con pequeñas pesadillas deshiladas. No podía dejar de pensar en aquellos pendientes violetas.

Bajé al comedor antes de tiempo. Francisco se entretenía en el cristal de la ventana con una mariposa nocturna.

—¿Has visto? —preguntó al sentirme a su lado—. Tiene una cara dibujada en las alas, como una calavera. Es una cara muy grande para un insecto tan pequeño. Con este truco engañan a sus depredadores.

—¿Y quienes son sus depredadores? —pregunté distraída.

—Los pájaros, los lagartos, las ranas... Anoche no subiste a ver las estrellas —comentó sin mirarme.

—Me dolía la cabeza —mentí.

—Pues te perdiste una buena velada. Con el viento, el cielo estaba muy limpio. Petra y yo vimos una estrella fugaz, aunque... tú prefieres ver otras cosas —dijo con ironía.

¡Ya lo había contado Petra! No era posible mantener nada en secreto. En poco tiempo, toda la casa se reiría de mí.

—¿Era un ectoplasma? —preguntó sin dejar de mirar el insecto.

—No sé lo que era —contesté molesta.

—Puedo enseñarte fotos si quieres. Hay mucho en la red.

En aquel momento entró Carolina contoneando su pantalón pirata y, al rato, Carlota llegaba pinchando con sus comentarios a su primo Enrique.

—...y terminar ese juego te va a ser más difícil que las ecuaciones de don Barriga.

—Eres imbécil, imbécil —repetía el gordito, incómodo.

En pocos minutos se llenó el comedor y doña Carola apareció en el umbral apoyada en el brazo de Justina.

Durante todo el tiempo que duró el desayuno estuve temiendo algún comentario que pusiera en evidencia mi «visión». El corazón me daba un vuelco cada vez que la abuela empezaba alguna de sus pausadas recomendaciones.

—Niños, parece que tenemos tormenta. Recordad que aquí las tormentas son fuertes y la caída de rayos es bastante frecuente en la zona. Por tanto, hoy no está permitido a nadie salir de la finca.

—Pero abuela... —protestó Carolina con mimo—. La bici es más divertida si puedes pisar charcos.

—¿Te he dado permiso para hablar? —preguntó la señora con voz agria.

Carolina agachó la cabeza. Una de las gemelas le lanzó una miga de pan tan rápida que pasó por delante de la cara de la abuela sin que lo notase. La otra gemela rompió a reír con la boca tapada y, al minuto siguiente, Enrique tosía y vomitaba atragantado por la risa y por un trozo de tostada. La atención de la abuela de desvió de Carolina para centrarse en Enrique.

—Vamos, levántate. ¡Vas a poner todo perdido! ¡Petra!

La chica quitó el servicio de Enrique, apartó la silla, recogió la servilleta y limpió con una bayeta nueva el vómito del muchacho. Luego forró la zona del mantel con un paño blanco y puso un tazón y un plato limpios.

Un sentimiento de rabia me abrasaba la garganta. Petra, con su nueve de media, tenía que limpiar el vómito de aquel pollino torpe y vago que, a sus dieciséis años, no era capaz de resolver una ecuación de primer grado.

Levanté la cabeza y me encontré con la mirada enrojecida de Francisco. Tenía la boca desencajada y los puños cerrados sobre el mantel. Sin duda, pensaba lo mismo que yo.

Después del desayuno, en el porche, la gemela que había tirado la miga de pan le explicaba a Carlota entre risas:

—Creí que iba a pillarme, le pasó justo por delante de las narices.

—¡Jo! —coreaba la otra gemela—. ¡No se ha dado ni cuenta!

Francisco salió del comedor deprisa y tomó las escaleras camino del torreón sin decir nada.

El día se volvía cada vez más gris. El aire traía olor a tierra mojada.

En previsión de que lloviera, las clases de aquella mañana se trasladaron al cenador acristalado. Berto transportó la hamaca del profesor y los tableros que utilizaban los chicos como apoyo.

Recostada en la columna del porche, me preguntaba qué hacer aquella mañana. Carlos hablaba por teléfono sentado en uno de los sillones de mimbre. Carlota, que no necesitaba de los servicios del profesor, no se perdía una clase. Se divertía mucho con las respuestas y los fallos de sus primos y Amadeo, aquel extraño muchacho de la melena larga, lo observaba todo con los prismáticos desde el cobertizo.

Estaba pensando en subir al torreón y pedirle a Francisco que me dejase el ordenador cuando vi a Petra atravesando el recibidor cargada con cubo, fregona y una cesta de detergentes y bayetas.

—¿Dónde vas?

—¿Qué te parece? —preguntó a su vez—. Tengo que limpiar las habitaciones de los chicos.

—Voy contigo.

Las habitaciones del primer piso que ocupaban los nietos de doña Carola eran más grandes que la que yo usaba al final del pasillo, pero en cada una se alojaban dos de los nietos. La que compartían Carolina y Carlota era la más desarreglada. Había ropa por el suelo mezclada con hojas de revistas y restos de bocadillos, bolsas de patatas y palomitas, cáscaras de pipas...

—¿No les obliga la abuela a recoger la habitación?

—No.

—Pues vaya, esto es mucho más importante que interrumpirla a ella —comenté.

Petra no dijo nada. Limpiaba y recogía deprisa, como si tuviese una estrategia establecida por la costumbre. Cambiaba las sábanas, pasaba la fregona, recogía las ropas... Los dos baños del centro del pasillo estaban aún peor, parecían haber sido usados por una manada de elefantes.

—Mi cuarto lo limpio yo —dije cuando Petra llegó con todos sus bártulos al final del pasillo.

—Hay que cambiar las sábanas.

—Yo las cambiaré.

Me miró de una manera extraña, pero no se resistió. Me tendió el juego de sábanas limpio que había sacado de uno de aquellos armarios carcomidos del corredor y dijo;

—Gracias.

Limpiando la ventana del baño no pude contener un escalofrío. El tejado infinito a mis ojos, me traía el recuerdo de lo que iba a ocurrir aquella tarde cuando Berto y yo llegásemos al final de la galería ciega. En dos ocasiones había estado a punto de contárselo a Petra. Se había portado muy bien en todo aquel asunto y me había ayudado sin protestar, pero el temor de que impidiese a Berto acompañarme me frenaba.

La mañana avanzó lenta para mi inquietud. El cielo se había ido cerrando de nubes de agua y la luz era completamente blanca.

—Según Leonardo da Vinci —citó Francisco cuando esperábamos alrededor de la mesa la llegada de la abuela para comer—, estos días nublados nos ofrecen el verdadero color de las cosas.

—¿Cómo podía saber eso si cada persona tiene una percepción distinta del color? —preguntó con su pausada voz Amadeo.

—¿Quién habla? —preguntó Francisco—. ¿El poeta o el metafísico?

—Según quien pregunte —contestó Amadeo—, el erudito o el idiota de mi primo.

—Tiene su explicación —terció Petra, que iba de un lado a otro terminando de equipar la mesa—. Esta luz está tamizada por las gotas de agua que contienen las nubes y nos da el espectro puro, sin sombras.

Carlota la miró con sorna y preguntó con aire inocente:

—¿Y eso dónde se ve, en las pompas de la fregadera?

Francisco iba a contestar pero en ese momento apareció la abuela envuelta en su capelina de ganchillo y se hizo el silencio.

El tiempo entre la comida y la hora en la que me había citado con Berto en la cocina se me hizo soportable gracias a la llamada de mamá. Me comentaba sus excursiones por El Cairo, me hablaba de mil detalles y descubrimientos, me preguntaba por Carlitos... Mi madre estaba feliz, no podía preocuparla con mis fantasías.

Bajé a la cocina antes de tiempo y esperé en la despensa. A menos cinco apareció Berto. Llevaba una mascarilla de las que usan los carpinteros para no respirar el serrín y un pañuelo negro atado alrededor de la boca y la nariz para tapar cualquier rendija.

—Pareces un bandolero —bromeé.

Nos pusimos en marcha por la galería de las macetas.

—Esto era un invernadero —me informó Berto con la voz velada por la mascarilla—. Cuando yo era pequeño se guardaban aquí los geranios durante el invierno. Ahora plantamos sólo flores de temporada, campanillas, petunias, alegrías...

Habíamos llegado frente a la puerta que se cerraba con mi cinturón. Empujé con el pie y la maceta resbaló abriendo de par en par la vista de la galería estrecha. No daba el sol pero la luz era tan brillante que rebotaba del techo al suelo produciendo unos rayos casi palpables.

Berto me apretó el brazo.

—Ahí está —dijo a mi oído.

Más pálida, más gris que la tarde anterior pero igualmente suspendida por un hilo invisible, la dama azul bailaba su suave danza fantasmal.

—¿Puedes verla?

—Sí.

—¿Qué crees que es?

—Una forma de ectoplasma —contestó una voz detrás de nosotros.

Encogidos y asustados como estábamos, Berto y yo dimos un respingo. Creí que sería Francisco, pero era Amadeo, miraba fijamente al espectro mientras agarraba el brazo de Berto.

—¿Qué haces aquí? —le preguntó con suavidad—. ¿Estás loco?

—Quiero ver qué hay al otro lado —contestó Berto—. No me iré sin llegar al final de este pasillo.

Amadeo me miró con su gesto de reproche y me preguntó:

—¿No tenías otra cosa mejor que hacer?

Berto había empezado a caminar por el pasillo y Amadeo le llevaba cogido del brazo. Avancé deprisa para ponerme a su altura. Yo también quería llegar al final del pasillo aunque tuviese que atravesar aquella cosa... ¿Cómo lo había llamado Amadeo? ¿Ectoplasma?

El efecto de la tarde anterior se repitió también en esta ocasión. Según nos acercábamos, la figura se difuminaba hasta convertirse en una especie de cortina de luz grisácea que bajaba la temperatura en varios grados al traspasarla. Eran apenas unos centímetros pero aquel frío helaba la sangre.

Caminamos algunos metros más después del espectro antes de llegar al final de la galería. Una puerta sencilla, pintada del mismo blanco que las paredes de la galería, terminaba la pesadilla.

Berto empujó la puerta pero no cedió.

—Espera —dijo Amadeo—. Tiene un resbalón.

Sacó del bolsillo de su pantalón una cartera y de ella una tarjeta de crédito que accionó entre el cerco y la puerta. Sin un gemido, la puerta se abrió ante nosotros y nos dejó ver una habitación espaciosa completamente amueblada. Tenía una ventana alta y estrecha, como continuación de las rendijas del pasillo. Era imposible asomarse por ella pero dejaba pasar luz natural. En una de las paredes se apoyaba una cama muy antigua de madera torneada. Estaba vestida y deshecha, como si alguien se acabase de levantar de ella pero el polvo parecía cubrirla con un velo blanco. La mesilla tenía una vieja lamparita de tulipa coloreada y un libro muy usado.

—El Conde de Montecristo —leí.

—No toques nada, Casandra —dijo Berto en voz baja.

La pared del fondo la presidía un pesado tapiz que llegaba hasta el suelo, tan sucio y seco que parecía de cartón, y a su lado un pequeño armario de marquetería y un perchero. En una esquina, un biombo de papel escondía un retrete de mármol y un lavabo alto. En el centro de la habitación, una mesa con tapete guateado sostenía un montón de libros y papeles garrapataeados, un tintero con plumillas, varias cintas de raso de tonos muy pálidos y una bandeja con un trozo de queso y un puñado de nueces.

—¿Quién vivirá aquí? —preguntó Berto—. Esta habitación no pertenece a la casa, está fuera de la finca.

—Di mejor quién viviría —corrigió Amadeo—. Mira cómo está el queso.

El cuarterón de queso ya no era más que la corteza que se mantenía de pie conservando su típica forma de triángulo. Estaba vació y relleno de polvo.

Sobrecogida, di un paseo por la habitación intentando retener los detalles. Había un camisón azul muy desvaído a los pies de la cama y unas zapatillas casi tapadas por la pelusa del suelo. Al llegar frente al armario, mi deseo de saber fue más fuerte que la recomendación que me acababa de hacer Berto, y tiré de la bola de cristal que hacía de tirador. Sonó un chirrido largo y la puerta cedió descubriendo un espejo y en él, me pareció ver por un instante la misma figura que ondeaba en la galería.

Retrocedí y a poco estuve de tirar la mesilla.

—¡Cuidado! —exclamó Berto sujetándome.

—¿Será la habitación del espectro? —pregunté.

—Quién sabe —opinó Amadeo—. Lo que es seguro es que se trata de una mujer.

—Tendríamos que revisar estos papeles.

—Casandra, no te metas en líos —me aconsejó Berto—. Quien quiera que sea, ya no está aquí.

—Y salió muy deprisa —remató Amadeo, que observaba un antiguo cepillo de dientes en el borde del lavabo.

—¿Crees que...?

—Vámonos.

Amadeo tiraba de Berto con cuidado y el chico se dejaba llevar. Estaba muy pálido y las ojeras se le marcaban más oscuras.

—Vamos —repitió, y añadió mirando hacia mí—: Cierra la puerta como estaba.

Salieron ellos delante y yo tiré de la puerta. En el centro del pasillo, la dama azul se balanceaba más oscura según avanzaba la tarde. Antes de llegar al final de la galería ciega, Amadeo pasó uno de los brazos de Berto alrededor de sus hombros y, casi en vilo, le sacó a través del invernadero a la cocina.

Le sentó en la butacona de madera repintada y le quitó el pañuelo y la mascarilla.

—Estás loco —aseguró en voz baja.

Se acercó al fregadero y le sirvió un vaso de agua fresca.

—¿Dónde están las pastillas? —preguntó.

Berto señaló una caja de cartón en uno de los anaqueles de la despensa. Amadeo bajó la caja repleta de frascos, recetas y cajitas de medicamentos. Cogió sin dudar un frasco marrón y sacó un comprimido amarillo que puso en la boca de Berto. Luego le pasó el vaso de agua.

—Guarda eso —me ordenó sin mirarme.

Dejé la caja donde estaba. Me sentía molesta y ofendida por la manera en que me trataba aquel chico, pero estaba tan preocupada por la mala cara de Berto que no dije nada. En aquel momento se abrió la puerta de la escalera de piedra y Petra apareció distraída. Cuando miró a Berto, su cara se ensombreció.

—¿Qué ha pasado?

—Ha entrado en esa maldita galería llena de polvo.

—¡Dios! —exclamó Petra—. ¿Cómo está?

—No ha podido respirar polvo —aseguré—. Llevaba una mascarilla y un pañuelo, no es posible que en tan poco tiempo...

—¿No te das cuenta de que se quedaba sin aire? —me interrumpió Amadeo—. Berto necesita más aire que los demás.

—¿Cómo iba a saberlo? —pregunté—. Yo no quería...

—No pasa... nada —aseguró Berto jadeante—. Estoy bien. No ha pasado... nada y hemos descubierto... el final del túnel.

—Viene Lina —anunció Petra.

—¿Puedes moverte? —preguntó Amadeo.

—Salid de la cocina —apremió Petra—. Yo ayudaré a Berto a llegar a su cuarto.

Fuera, en el jardín, el viento traía pajitas y flores de cardo entre pequeños papeles, hojas de pino y arena.

Mi cara debía de reflejar mi preocupación porque Amadeo, en lugar de pasar de mí, como había hecho otras veces, se acercó y explicó:

—Tiene una enfermedad degenerativa que le va endureciendo los pulmones. Necesita aire y calma. Con la medicación lo lleva como puede, pero no tiene cura. Déjale tranquilo, no le calientes la cabeza jugando a los detectives o a los médiums.

Una profunda tristeza, a juego con la tarde, me llenaba el alma. Yo había pensado que Berto tenía alergia o asma. No podía imaginar que aquel chico tan amable y cariñoso estuviera tan enfermo. Debía haber estado más atenta. Ahora comprendía la manera en que le cuidaba Petra y su silencio cuando se hablaba de planes o de futuro. Entendía que nadie, excepto la abuela, le mandase o le dijese lo que tenía que hacer. Que todos, menos Romulón, le tratasen con cariño. Comprendí de pronto por qué no subía al torreón ni montaba en bicicleta.

—No llores —dijo Amadeo—. No podemos hacer nada y él lo lleva bien. Petra sabe cómo cuidarle, enseguida estará de nuevo quitando las hojas secas de los setos. Pero no le lleves más por esos pasillos.

—No —aseguré.

Amadeo suspiró y dio la vuelta para entrar de nuevo en la casa. Antes de que llegara al porche le pregunté:

—¿Qué es un ectoplasma?

Sin volverse, me hizo una seña para que le siguiera.

Subimos por la escalera de azulejos hasta el tercer piso y desde allí al torreón. Francisco comía cortecitas sabor a queso mientras tecleaba frente al balcón abierto.

—Va a llover —comentó sin volverse para mirar quién había entrado—. La veleta rechina continuamente.

—Francisco, ¿dónde está el libro de los espectros?

—Por ahí andará.

—Tienes esto como una pocilga.

—¿Tengo? ¿Desde cuándo es mío el torreón? Yo sólo lo uso.

Amadeo buscaba entre los tomos más gordos.

—Es una vergüenza, hombre. Aquí hay libros buenos y mira cómo está todo.

Francisco levantó las manos en un gesto de inocencia y siguió enfrascado en la pantalla.

—¡Qué desastre! —seguía protestando aquel chico de voz pausada y mirada penetrante.

Sacó varios tomos arrugados de una estantería y los colocó sobre la desvencijada silla que se escondía en el rincón. Metió la mano detrás y sacó un viejo globo terráqueo de madera. Arrastró con la mano un grupo de cromos en blanco y negro y un calidoscopio desollado rodó hasta el suelo. Movió unas carpetas hacia un lado y sacó una caja con un rótulo muy sobado en el que se leía: *Parapsicología. Ciencias ocultas.*

—Estos libros son de mi padre —dijo dirigiéndose a su primo—. El día que los quiera recuperar vamos a tener un disgusto.

—Ocúpate tú de ellos —contestó Francisco sin volverse.

Amadeo abrió la caja al tiempo que un relámpago iluminó todo el torreón como si se tratase de un flash gigante y un trueno sordo pareció cortar la casa por la mitad.

—¡Ay! —grité.

Amadeo y su primo se rieron de mi sobresalto y eso rebajó la tensión unos minutos. Aquellos dos chicos aprovechaban cualquier momento para entablar disputas verbales. Después de mirar un rato por el balcón que daba a la sierra, Amadeo se sacudió el polvo y, sin decir una palabra, salió del torreón.

Pasé la tarde sentada en el suelo, sólo acompañada por la ausente presencia de Francisco, repasando los libros que Amadeo me había dejado en aquella vieja caja de madera. Encontré cientos de temas diferentes relacionados con las apariciones y los fantasmas. Tantas definiciones, tantos matices...

—Cada autor define las cosas de una manera diferente —comenté en voz alta.

—Bueno, en ese tema, nadie está seguro de nada —respondió Francisco sin dejar su pantalla.

Después de un rato y un trueno sordo, preguntó:

—¿Amadeo ha visto esa... cosa?

—Sí, y Berto también.

—Ah —exclamó el chico—. Entonces el tema es serio.

—¿Por qué? Como lo han visto ellos es serio, cuando sólo lo había visto yo, ¿no?

Francisco se giró en su silla y me miró.

—Petra no lo ve. Podía ser una broma tuya o una... tontería. Al fin y al cabo no te conocemos.

—Ya —recalqué molesta.

—Vamos, no te enfades. ¿Qué estás buscando?

Francisco me hizo un gesto para que me acercase y hasta la hora de la cena estuvimos tratando de encontrar una definición para nuestro fantasma. Buscamos en todos los puntos de la red que el chico se recorría como si estuviese en su propia casa. Visitamos foros y listas de interés. Recorrimos webs especializadas y sitios tenebrosos que me ponían los pelos de punta. Comparamos montones de fotografías y consultamos enciclopedias virtuales. Cuando bajamos al comedor, las sombras de la escalera y los relámpagos se aliaban para avivar mi fantasía.

Después de la cena ayudé a Petra con los platos.

—¿Cómo está Berto?

—Ya ha pasado la crisis —me respondió en voz baja.

—¿Puedo verle?

Petra se detuvo en su tarea. Me miró con atención. Suspiró y dijo sin levantar el tono:

—Eres muy extraña.

—¿Puedo ver a Berto? —repetí.

—Dentro de un rato tengo que llevarle la cena a su habitación pero no creo que puedas pasar por la cocina sin que te vea Lina.

Detrás de mis hombros, la voz pausada de Amadeo me sobresaltó:

—Ven conmigo.

Subimos la escalera hasta el primer piso. Atravesamos el pasillo hasta el ventanal y Amadeo abrió la puerta frente a la de mi habitación. Bajamos la estrecha escalera de piedra verde hasta aquel pasillito de baldosas de barro que se veía desde la cocina, a la izquierda de la despensa. Aunque la puerta que daba a la cocina estaba cerrada, el aire olía todavía a pudin de pescado. Pasamos tres puertas y Amadeo tocó con los nudillos en la cuarta. No se oyó respuesta, pero el chico echó atrás su melena rojiza y abrió.

Era una habitación con dos camas muy altas adosadas a las paredes. Un armario de luna reflejaba la tenue luz de una lamparita que dormitaba sobre la mesilla. En una de las camas, medio sentado, medio reclinado, Berto leía una revista. Parecía más pálido, más delgado, más triste.

—¿Cómo estás?

Dejó la revista y se sentó mejor sobre la cama al verme entrar detrás de Amadeo.

—Bien, ya estoy bien. ¿Has encontrado alguna explicación para el ecto... cómo era?

—Ectoplasma —terminó Amadeo.

—No sabemos qué es —expliqué mientras me sentaba en el borde de la otra cama—. Francisco y yo hemos buscado en Internet. Hay montones de páginas llenas de fotos de apariciones, hemos pasado un rato apasionante, pero no hemos conseguido aclararnos.

Berto me miró despacio, sonrió y se volvió a su amigo.

—¿Tú qué sabes de esto?

—Ectoplasma viene del griego *ectos*, que significa fuera y *plasma*, cosa moldeada. Al principio se llamaban ectoplasmas a esas sustancias que les salían a los mediums por las narices o las orejas... ya sabes, esos mocos estilo Cazafantasmas. Pero ahora, por extensión, se llama ectoplasmas a las manifestaciones más o menos corpóreas de espíritus o entes del más allá.

—¿Todo eso es verdad? —preguntó Berto.

—Bueno... hay quien lo cree y hay quien piensa que son alucinaciones producidas por la persona que lo ve. Existen verdaderos expertos en el tema, personas serias y de mucho prestigio, que aseguran que es verdad. Mi padre conocía a un jesuita, el padre Pilón, que se dedicaba a estudiar e investigar sobre presencias y ectoplasmas. Tenía un equipo de expertos y sus estudios son muy serios.

—¿Tu padre...? —empecé esperanzada.

—A mi padre le interesó el tema una temporada, cuando era estudiante. Por eso tiene tantos libros que acabó arrinconando en el torreón.

La puerta de la habitación se abrió y Petra apareció con una bandeja cubierta por un paño. Hizo sitio en la mesilla, dejó la bandeja, bajó la persiana, estiró la colcha...

—Gracias, Petra —dijo Berto con cariño—. No te preocupes, todo está bien. Podía haber salido a cenar a la cocina.

—Tú no te mueves de aquí hasta el lunes —sentenció con voz ronca la chica—. Y vosotros dejadle cenar tranquilo.

Me levanté, di las buenas noches, besé a Berto en su cara pálida y salí acompañando a Petra.

—¿Por qué le has besado? —me preguntó apenas habíamos salido al pasillo.

—Tengo costumbre de besar a mis amigos —respondí un poco avergonzada.

Petra me acompañó hasta la puerta de mi habitación y continuó escaleras arriba hasta el torreón donde la tormenta, la veleta y Francisco la esperaban impacientes.

VII. El muro y la llave

Amaneció un domingo luminoso. La lluvia de la noche anterior había refrescado el jardín y el pinar lo perfumaba todo. Casi no había pegado ojo en toda la noche. Cada vez que conseguía quedarme traspuesta, la imagen azul de la galería o la cara blanca de Berto me despertaban con una sacudida. Otras veces eran las fotos y las historias que había repasado en el torreón lo que me desvelaba llenándome de pinchazos y picores.

Me levanté apenas la luz se filtró por las rendijas de las contraventanas. Me lavé, me vestí y salí al pasillo. Todo estaba en silencio y sólo los pájaros anunciaban que había amanecido. Caminar por aquella casa que yo sabía llena de personas me producía la sensación de pasear por un antiguo galeón abandonado con su banda sonora de pequeños chasquidos y roces, sus puertas fantasmales, sus oscuros rincones y tantas flores muertas, secas y descoloridas, atadas o encerradas en cestos y fanales.

La planta baja también estaba desierta. Ni siquiera olía a café, que era lo primero que ponía Lina en el fogón. El reloj del comedor marcaba en silencio las siete y veinte, tenía una hora y media hasta el desayuno y nada que hacer. Abrí la puerta con cuidado para no hacer ruido y salí al jardín. El aire era tan ligero que tuve la sensación de haber crecido durante la noche. Las flores del seto, casi todas nuevas, empezaban a abrirse y una abeja madrugadora zumbaba pesada a mi alrededor.

No se veía a nadie. Todo en la casa parecía dormido o detenido en el tiempo y aquel lugar no me resultaba agradable. Me apetecía salir de allí, escapar por un rato de la finca y sus incógnitas, refrescar mis propios pensamientos, y entonces me acordé de la bicicleta.

«Eso —pensé—, daré un paseo en bici».

Llegué al cobertizo, saqué la bicicleta amarilla y sólo me planteé cómo salir de allí cuando estuve frente a la verja cerrada. Me bajé de la bici e intenté abrir pero debía de estar cerrada con llave. Ya iba a volver al cobertizo muy fastidiada, cuando oí tronar la voz de Romulón a mi espalda.

—Tú. ¿Quién eres?

—Soy Casandra y quiero salir a dar una vuelta con la bici.

—Yo te he visto en el coche de Hugo —dijo el cancerbero acercándose mucho.

—Soy hija de Marina, la mujer de Hugo —le aclaré, aunque no estaba segura de que me entendiese.

—Te he visto con el canijo cara huevo en el garaje —recalcó soltando perdigones de saliva.

Era tan alto y tan corpulento que notarle tan cerca me hacía sentir como si estuviese dentro de una cueva, como si me faltase el aire. La enorme camisa de cuadros desabrochada con la que intentaba cubrir su peludo pecho desprendía un olor agrio muy desagradable. Su cabeza despeinada y sus ojos enrojecidos me hicieron pensar que le había sacado de la cama. Su perro me miraba con las orejas atentas y la boca apretada desde la puerta de la garita. Estaba aterrorizada pero conseguí erguirme, levantar la cabeza y ordenar con voz firme:

—Abre la puerta, quiero salir a dar un paseo.

Se echó hacia atrás sobresaltado, me miró con desconfianza y preguntó:

—¿Tienes permiso de la señora?

—Sí —mentí.

El hermano de Petra se metió en su cabina y apretó el botón que abría la pesada cancela, luego salió para verme atravesar la entrada y, antes de que tomara el camino empedrado que bordeaba la finca, le oí decir con su voz oscura:

—Chica, tú. Con esa bici te vas a matar.

No sé si fue por quitarme enseguida de la vista de Romulón o porque mi inconsciente me guiaba, el caso es que tomé el camino que bordeaba el muro y lo seguí despacio sorteando los baches y los charcos que había dejado la tormenta. La bicicleta iba suave, con sus crujidos y sus holguras pero obedecía dócilmente. Había conseguido acostumbrarme a frenar con cuidado, teniendo en cuenta que aquella única varilla en el manillar derecho frenaba las dos ruedas a la vez, pero no conseguía hacerme a aquel ruidito que tintineaba en algún lugar del cuadro cuando cogía una piedra, giraba deprisa o pedaleaba más fuerte.

El camino empedrado terminaba antes que el muro que bordeaba la finca. El campo se había tragado el fondo y el pinar de San Carlos había saltado la tapia y continuaba más allá. Intenté seguir el muro de piedra lo más cerca que pude, evitando las zarzas, los cardos y las grandes peñas de granito musgoso que cobijaban en su base matojos de tomillo, manzanilla, romero, lavanda...

Llegué a la esquina del muro sin que el paisaje cambiase, y seguí pedaleando asustando a los pájaros y a algún conejo despistado, hasta que el pinar, ya fuera de la finca, se fue adueñando de todo, ensombreciendo la mañana, llenando el suelo con su alfombra de pinochas y el aire de atareadas avispas. Intenté no desviarme del muro porque sólo así podía estar segura de no perderme y de conseguir dar una vuelta completa a San Carlos.

Apenas giré la segunda esquina del rectángulo que formaba la finca, descubrí restos de otro muro que se cortaba en algunos tramos y estaba totalmente derruido en otros. Era una pared más baja y más delgada de piedra caliza, que parecía delimitar otra finca adosada a San Carlos; sin embargo, no había ninguna casa en ella y el campo salvaje volvía a llenarlo todo entre zumbidos de insectos y olores desconocidos.

Una vez pasados los restos de aquella pared caliza, nada me impedía seguir el muro de la finca en su tercera pared. Fuera de zarzas, cardos, piedras, y algún pequeño pino aislado, lo único que veía frente a mí, todavía lejos, era un ciprés alto y oscuro que calculé que marcaría la tercera esquina de mi paseo. Seguí pegada al muro de San Carlos, aprovechando que la alta broza que llenaba aquella parcela abandonada no llegaba hasta él porque, de nuevo, había un camino empedrado y una inquietante acequia con dos dedos de agua quieta y verdosa.

Pedaleé despacio, sintiendo cómo, a medida que me acercaba a la esquina en la que yo calculaba que se abría la continuación de la galería y que tenía que ser el fondo de aquella habitación misteriosa, mi sangre se llenaba de un cosquilleo mezcla de miedo y curiosidad. Miraba hacia el frente intentando anticipar lo que iba a ver, pero la maleza era tan alta que no me permitía adivinar nada, y sólo me detuve cuando comprobé que una pared me cerraba el paso. No había calculado mal, aquella pared de piedra vieja que tenía frente a mí era el lado derecho de la galería, era fácil estar segura al contemplar las aberturas alargadas que se abrían en la parte alta de la pared, casi bajo el tejado.

Sentí un escalofrío. Giré para seguir pedaleando despacio bordeando por fuera la galería y cuando se acabó la pared, volví a girar para ver la fachada final, lo que, según mis cálculos, sería la espalda de aquella habitación fantasmal en la que habíamos entrado la tarde anterior. Mi curiosidad, mi inquietud y mi miedo me hicieron tomar la curva con la mirada puesta en el edificio sin controlar el camino y sólo me di cuenta de mi temeridad cuando me encontré en el suelo. La rueda de la bicicleta había pisado el borde del empedrado, un escalón imposible de distinguir entre la desesperada broza que se comía toda aquella zona. Perdí el equilibrio y me precipité al suelo clavando la rodilla en una losa de piedra escondida entre cardos y matojos y arañándome la cara y las manos con las ramas, las espinas y la arena. La bicicleta cayó sobre el camino rompiendo el frío silencio que llenaba de aprensión el aire y me encontré sentada en aquella piedra entre la maleza, medio ahogada por el sobresalto de la caída, con un dolor fuerte en la pierna y fuego en las manos y la cara. Respiré hondo para intentar tranquilizarme y entonces miré al frente y vi el mirador que remataba la fachada trasera de la galería. Era un balcón ancho, situado muy bajo, a la altura de una puerta, estaba cerrado con rejas y cristales tan sucios que casi parecían opacos. Tras uno de aquellos cristales me pareció ver que alguien me observaba. Miré con atención; sí, no había duda, allí había alguien sentado tras los cristales, debía de estar partiéndose de la risa con mi caída. Alguien que vivía allí, allí... en la oscura habitación del fondo de la galería.

Me levanté lo mejor que pude. Me había roto el pantalón a la altura de la rodilla y un reguerito de sangre me corría pierna abajo. La bicicleta no parecía haber sufrido desperfectos. La levanté con mucho trabajo porque se me estaban hinchando las manos llenas de arañazos y cortes y, al hacerlo, se le salió una de aquellas fundas de goma negra y cuarteada que cubrían el manillar y algo cayó al suelo tintineando en la piedra. Era una llave pequeña, como de una maleta, metida en un llavero junto a una medallita alargada que, por un lado presentaba, en esmalte azul, la imagen de un santo y, por el otro, tenía grabada una eme en cuidada letra inglesa.

Guardé la llave en mi bolsillo, coloqué la funda en el manillar y me subí a la bicicleta. Me dolía mucho la rodilla al intentar pedalear y volví a bajar al suelo.

—Me toca volver a patita, si puedo —dije en voz alta, rabiosa conmigo misma.

Levanté los ojos al mirador y allí seguía, observándome, sin moverse. No podía saber si era un hombre o una mujer, ni siquiera sabía cómo era porque todo estaba tan empañado que sólo podía ver la figura sentada con la cabeza apoyada muy cerca del cristal. Me agarré al manillar y, apoyándome en la bicicleta, caminé hasta el final de la fachada. El delgado ciprés que me había servido de referencia quedaba a la derecha, un poco más lejos aún, cobijando en su sombra una pequeña torre ruinosa perdida entre la maleza. Giré y recorrí la fachada izquierda de la galería hasta encontrar otros restos de piedras calizas de la antigua pared que limitaba aquella finca abandonada, y una pequeña cancela de hierro entreabierta que ya no cumplía su obligación de cuidar nada porque se había quedado aislada, sin pared que cerrar ni propiedad que proteger.

Seguí caminando con dificultad, la rodilla me dolía cada vez más y ya notaba el calcetín húmedo por la sangre. En la cabeza se me ataban y desataban mil pensamientos sobre la identidad de la persona que me había observado desde el mirador. No recordaba haber visto ningún balcón en la habitación del queso y las nueces. Sólo recordaba una ventana alta y estrecha, como continuación de las aberturas de la galería. Tampoco habíamos podido mirar con detalle, el ahogo de Berto nos había interrumpido. Pero... ¿por qué no vimos a nadie? ¿Quién era la persona que se asomaba al balcón? ¿Por qué vivía sola y en una habitación tan... horrible?

Tras los restos de la tapia caliza, la pared larga de la galería ciega continuaba sin interrupción y se fundía en la pared trasera de la casa. Después de la cancela solitaria, arrancaba una calle que empecé a reconocer, según iban apareciendo pequeñas casitas de piedra abandonadas, como la calle que se veía por el ventanal del comedor, la calle a la que daba el salón, la cocina, la habitación de doña Carola... Iba por la mitad de la acera empedrada cuando oí la voz rota de aquel desconocido reloj que daba las nueve.

—¡El desayuno!

Todavía me quedaba un buen trecho hasta la esquina y luego otro tanto hasta llegar frente a Romulón. No podía correr, ni siquiera caminar deprisa. Me hubiera apetecido sentarme en mitad de la calle y descansar un poco pero estaba asustada y deseaba comentar con los chicos lo que acababa de descubrir. Además, no me gustaba nada un enorme gato rayado que me miraba insolente y me seguía a unos metros desde hacía un buen rato y... ¡Llegaba tarde! ¡Esta vez si que me veía en Santa Cipriana!

Cuando entré en San Carlos, el hermano de Petra me abrió la puerta y me siguió con la mirada muy interesado.

—¡Lo ves, t´has matao! —exclamó.

Caminé, sin mirarle siquiera, hacia la entrada de la casa. En el porche, doña Carola sentada en su sillón de mimbre atendía al padre Bernardo, aquel cura viejecito de manos temblorosas que subía los domingos a decir misa en el cenador y a desayunar en la casa.

El sacerdote, sentado al sol, tardó un poco en distinguirme guiñando los ojos.

—¿Quién es...? —preguntó con voz cascada—. Esa bicicleta... no puede ser...

Doña Carola giró la cabeza y todos los que jugaban, leían o simplemente tomaban el sol haciendo planes para aquella mañana, dejaron de hacerlo para mirarme.

—¡Jo! ¡Qué chufa! —exclamó Carlota y Enrique soltó una carcajada.

Me quedé quieta, sintiéndome como una atracción de circo y sin saber qué hacer o qué decir.

—Casandra —dijo la abuela con aburrimiento—, llegas tarde. ¿Dónde has estado, jovencita?

No tenía ganas de responder ni de explicar nada. Apoyé la bici en el suelo y me dirigí a la entrada de la casa. Antes de llegar, Petra se acercó asustada.

—¿Qué te ha pasado? ¿Te has caído?

—Petra —ordenó la señora—, di a Amadeo que venga y tú, niña, siéntate aquí.

Me señalaba una banqueta de mimbre a su lado pero no me senté, la rodilla me tiraba demasiado.

—Esa es la bicicleta de Matilde —decía el viejo sacerdote con su voz entrecortada—. La he recompuesto tantas veces... La reconocería con los ojos cerrados. Y... ¿quién es esta niña?

—Es la hija de Marina, la mujer de Hugo —explicó doña Carola—. Ya te comenté...

Petra volvió acompañada de Amadeo. El chico me miró a la cara y luego se agachó frente a mi pierna.

—¿Es grave? —preguntó la señora.

—Es una buena herida —contestó su nieto.

Doña Carola alcanzó el llavero que colgaba del asa de su bolsa de labor, abrió la argolla y sacó una de las llaves.

—¡Carlos! —llamó, y cuando su estirado nieto mayor estuvo frente a ella, ordenó con aburrimiento—: Llévala a la farmacia. Dile a Felipe que la cure y le ponga la antitetánica. No tengamos un disgusto.

—Vamos —invitó Amadeo tomándome del brazo.

—Quiero lavarme.

—Luego, lo primero es la herida.

—¿Por qué no me llevas tú? —pregunté al ver el gesto de fastidio de Carlos.

—Todavía no tengo permiso de conducir, pero no te preocupes, voy contigo.

Cuando nos alejábamos hacia el garaje, oí la voz de la señora:

—Casandra, luego hablaré contigo.

—A Santa Cipriana —comenté.

—Te queda buen humor —rió Amadeo mientras ayudaba a su primo a retirar la funda que tapaba el coche.

Tanto la puerta del garaje como la de la finca se abrieron al paso de Carlos sin ningún obstáculo. El chico, con unas modernas gafas de sol, conducía con el cuello muy tieso, como si estuviese sentado sobre una silla caliente.

—Pensábamos que te habías dormido —comentó con su voz hueca—. ¿Qué hacías sola por ahí fuera y tan temprano? Te avisé sobre esa bici, ¿recuerdas?

No respondí. Me caía muy mal aquel chico tan engreído que siempre me trataba con aire de superioridad.

Las pocas personas con las que nos cruzamos en el pueblo se quedaban paradas mirando el paso del lujoso coche de doña Carola. Algunos se inclinaban un poco, otros saludaban levantando la mano como si se tratase del paso del señor ante una aldea medieval.

La farmacia tenía un aspecto moderno dentro de una fachada muy antigua. El farmacéutico, que según me comentó luego Amadeo era al mismo tiempo practicante y enfermero, me limpió la herida con mucho cuidado, me puso dos grapas y me lo vendó. Luego preparó la inyección y me explicó mientras me la ponía.

—Aunque estés al día de todas las vacunas, es necesario poner la antitetánica en casos como éste. La herida es grande y el campo siempre tiene peligro. Todavía hay ovejas por aquí y... nunca se sabe. Más vale prevenir que curar. Procura no mojarte la herida en unos días y pásate por aquí el próximo domingo para que te quite las grapas.

De regreso a la casa, Amadeo, que había estado pendiente de mí en todo momento, preguntó:

—¿Estás bien?

Asentí.

—Tienes mala cara.

—Estoy un poco... asustada.

—¿Por la abuela? —interrumpió Carlos—. Sólo hay que escuchar la reprimenda sin contestar. No creo que te castigue demasiado, tú no eres su nieta. Además sólo queda semana y media para que vuelvan los padres, ya no merece la pena.

—No me preocupa la abuela.

Entonces Amadeo me clavó sus ojos profundos con más atención, iba a decir algo pero la presencia de Carlos le hizo desistir y no hablamos nada más en todo el camino.

Petra nos esperaba en la puerta de la finca junto a su hermano.

—La señora dice que no encierres el coche y que lleves a don Bernardo a su casa —informó a Carlos y luego, dirigiéndose a mí, preguntó—: ¿Cómo estás?

—Bien.

—Te recibirá en su cuarto ahora.

La habitación de doña Carola era triste y oscura aunque fuera el sol del mediodía lo inundase todo. La señora, recostada en su sofá, me miró de arriba abajo cuando entré después de pedir permiso.

—¿Estás bien, Casandra?

—Sí, señora.

—¿Qué te ha pasado exactamente?

—Me he caído de la bicicleta.

—¿Dónde ibas?

—Sólo estaba dando un paseo.

Hizo un gesto de hastío, me indicó su escabel para que me sentase y empezó:

—Comprendo que no estés acostumbrada a que nadie te pida cuentas de lo que haces y a no ceñirte a normas establecidas, pero tienes que comprender que la única manera en que puedo dominar esta casa durante el verano es imponer un orden en los horarios, las salidas, los permisos...

Dominar... imponer... sonaba como el discurso de un dictador.

—... y tengo la responsabilidad de la seguridad de todos. No puedo hacer distinciones ni permitir desobediencias...

Aguantar la regañina y luego escapar. Necesitaba hablar con mis amigos, mis compañeros de aventura: Berto, Petra, Amadeo... Tal vez Francisco supiese algo del misterioso habitante de la habitación del queso y las nueces. ¿Tendría algo que ver con la figura azul que flotaba en la galería?

—... tu madre te ha confiado a mí y, aunque no soy tu abuela, en este momento toda la responsabilidad sobre tu seguridad recae sobre mí...

Tal vez fuese Justina la persona que había visto en el mirador, pero Petra era su hija y no sabía nada de aquella galería ni de la habitación. ¿Qué explicación tenía todo aquello?

—... y no tendría que ser necesario imponer nada, son detalles de educación, de saberse comportar en familia y...

¿Qué misterio se ocultaba tras el oxidado triangulo rojo de la puerta de la galería?

—... porque creo que queda todo muy claro en la hoja de normas que te entregó Petra, ¿no?

Y la única respuesta era visitar de nuevo aquella misteriosa habitación.

—Casandra, ¿me estás escuchando?

Me incorporé sobresaltada. Realmente, sólo había escuchado las primeras palabras de su discurso.

—Estás cansada y dolorida, ¿verdad? —dijo la señora con ironía—. Bien, sube a tu cuarto y descansa. No te molestes en bajar a comer, ya te subirá Justina una taza de caldo. Y no salgas de tu habitación hasta la hora de la cena.

—«No me ha mandado a Santa Cipriana, pero me ha castigado en mi habitación sin comer» —iba pensando mientras subía la escalera con la pierna tiesa—. «Esta señora es una bruja».

No había desayunado y el estómago me lo gritaba a ráfagas, tampoco había podido cambiarme de ropa ni peinarme un poco. El pasillo se me hacía eterno. Estaba enfadada con la casa, con la abuela y conmigo misma por aquella estúpida caída de la que se había enterado todo el mundo. Había visto los ojos asombrados de los pequeños, las risas de las gemelas, el golpe de melena de Carolina y todavía resonaba en mi recuerdo la frase de Carlota que había soltado la carcajada de Enrique.

Entré en mi cuarto, me quité con rabia el pantalón y la camiseta y me metí en la cama. Me dolía la cabeza y el brazo en donde me habían pinchado y me tiraban los arañazos de las manos. Me tapé hasta la cabeza dejando correr las lágrimas que llenaron de escozor mi cara y poco a poco, me fui calmando, pensando que no me importaban las risas de aquellos niños mimados, aburridos, incapaces de apreciar todo lo que tenían, ni la opinión de la orgullosa doña Carola, la reina de las flores secas, la dictadora de San Carlos. Era cuestión de aguantar un poco. Unos días más y perdería de vista aquella casa para siempre. Pero inevitablemente, mi pensamiento se enredaba en las inquietantes sensaciones de la figura azul, del misterioso mirador, del muro que pasaba una y otra vez interminable ante mis ojos... Un suave sopor me invadía adormilando mis sentidos. Mis nervios se fueron calmando y mi preocupación y el latido rítmico de mi rodilla se fueron meciendo suavemente con la mirada intensa de Amadeo, la atención solícita de Petra, la voz dulce de Berto, el aroma del pinar, las risas de Carlitos... De pronto sonó el móvil en la mesilla y una voz vacía y divertida dijo desde el otro lado:

—¡Hola, tía! ¿Cómo vas? Soy Javi.

—¡Déjame en paz!

Y colgué.

Cuando desperté, la última línea naranja del sol a punto de esconderse tras la sierra se colaba por las rendijas de las contraventanas.

Me levanté con cuidado, me tiraba la rodilla pero ya no me dolía tanto. Lo que más me molestaba era el estómago que ronroneaba vacío desde la noche anterior. No se oía un ruido y el jardín ya estaba desierto. Había pasado la hora de la cena y yo me la había perdido.

Sobre la mesilla descubrí una taza floreada con un caldo frío y espeso.

—«Justina me ha traído el caldo» —pensé—, «pero no me ha avisado».

Me lavé teniendo cuidado de no mojarme la rodilla y me puse ropa limpia, el pantalón y la camiseta del día anterior estaban para tirar después de la caída. Me asomé al pasillo. Por debajo de la puerta de la habitación de Carolina y Carlota se veía la luz cambiante del televisor. En el cuarto de las gemelas se oía muy apagado el gorgojeo de sus risas.

Subí la escalera que conducía al torreón, seguro que estaba Francisco enfrascado en su mundo.

Abrí con cuidado pero procurando hacerme notar, no quería asustarle.

—Hola —me saludó el chico—. ¿Cómo estás?

—Hambrienta.

—Puede que me queden galletas —dijo Francisco revolviendo en el cajón de la mesa—, o patatas fritas...

Me senté en el desvencijado sillón frente al balcón que daba al jardín, y me comí el medio paquete de galletas de chocolate que había encontrado Francisco debajo de la desflecada manta con la que se tapaba las noches de relente. Al rato entró Petra. Llevaba un bocadillo y una botella de cola escondidos en su delantal y me los dio al verme.

—Casandra, te estaba buscando. Mi madre dijo que estabas dormida cuando te subió el caldo.

Petra, sin esperar mi respuesta, se asomó por el telescopio y estuvo un rato observando el cielo en silencio, luego se volvió hacia mi y dijo:

—Bueno, cuéntame.

Conté a Petra con todo detalle mi aventura con la bicicleta. Francisco se había vuelto hacia nosotras olvidando su pantalla desde el momento en que mi relato llegó a la pared de piedra caliza, tras el muro de San Carlos.

—¿Has dado toda la vuelta a la finca?

—Sí.

—¿Un mirador? —preguntó Petra—. Dijiste que la habitación no tenía ningún hueco, ¿No?

—Solo una ventana muy estrecha y muy alta, casi en el techo.

—¿Seguro?

Casi estaba segura pero habíamos salido tan deprisa la tarde anterior...

—Hay que volver —aventuré—. ¿Dónde está Amadeo?

—Con Berto —contestó Petra.

—Berto... ¿Está peor?

—No, Amadeo siempre está con Berto. Se llevan muy bien, desde que eran pequeños.

—Desde que llevamos viniendo aquí todos los meses de julio de... ¿cuántos años ya? —preguntó Francisco.

—Quince —respondió Petra.

—Sí, qué curioso, nos vemos un mes al año desde hace quince —bromeó Francisco con ironía—. Te conozco hace quince meses, Petra.

La chica le miró despacio, luego volvió los ojos hacia el trozo de cielo estrellado que se veía desde el torreón y comentó:

—Sí, desde hace quince años el mes de julio detiene el tiempo. La casa no ha cambiado nada y ninguno de nosotros parece cambiar. Vamos creciendo todos a la vez y cada verano nos encontramos iguales. Casi no nos tratamos. Nos miramos esperando que pasen los días para volver a nuestros mundos. No podemos odiarnos ni amarnos porque no hay tiempo, porque el resto del año intentamos no acordamos unos de otros. No nos atrevemos a intimar, a conocernos mejor, nos da miedo añorar un mes durante once.

La miré asombrada. Era la primera vez que oía a Petra hablar tanto y tan profundo. Se notaba que leía mucho y que pensaba y sentía metida entre sus escobas y sus bandejas.

—Sí —aseguró Francisco—. Ni siquiera los hermanos nos llevamos bien. No soporto a mi hermano Carlos ni en verano ni en invierno.

—Pero Amadeo... —apunté, esperando que me hablasen de él.

—Bueno, Amadeo tampoco se lleva especialmente bien con nadie —explicó Francisco—. Es un tío muy raro.

—Pero con Berto...

—Con Berto es diferente —dijo Petra—, Siempre está pendiente de él cuando está aquí y se llaman en invierno. Le quiere mucho.

—Todos queremos a Berto, pero ellos jugaban juntos de pequeños —recordó el chico—. Berto pasaba el invierno en Segovia, en una fundación, como un hospital para niños con enfermedades crónicas. Un sitio donde les cuidan y estudian a la vez. En verano siempre le traían aquí y estaba casi siempre sentado al sol en una hamaca, muchas veces enchufado al oxigeno, y Amadeo le distraía con sus juguetes, le leía, le hablaba...

—Cuando tenía doce años, Amadeo prometió a Berto que le curaría. Por eso lee tanto sobre enfermedades y avances científicos.

—Este curso empieza medicina —remató Francisco.

Pensar en Berto era ver su sonrisa. Había vivido en aquella casa veinte días y con algunos de aquellos chicos no había cruzado más de tres palabras. Era una extraña en su repetido mes de convivencia, sin embargo Berto me había tratado con cariño desde el principio y había algo especial en la dulzura de su carácter y en sus ojos que le hacían muy atractivo.

Los grillos ponían fondo a una noche sin sueño.

Francisco y Petra recordaban juntos anécdotas de otros años.

—¿Recuerdas el año que se perdió Carolina en el pinar?

—Sí, ¡Qué susto! —recordó Petra—. Toda la noche buscándola con linternas y apareció dormida en su cama como si tal cosa, había vuelto a la casa mientras todos la buscábamos.

—¿Y el año de las paperas?

—¿Y cuando Enrique se cayó al lago y se agarró al vestido de la señora y la arrastró dentro?

Yo repasaba todo lo ocurrido aquel día. Parecía que había pasado un siglo desde que me había levantado. Romulón... el mirador, la caída... Entonces recordé la llave escondida en el manillar de la bicicleta.

—¿Quién es Matilde? —pregunté.

Petra y Francisco se miraron confundidos.

—El cura, don Bernardo, comentó que la bici amarilla era de Matilde —expliqué.

Petra se encogió de hombros.

—Creí que esa bici era de la señora. No conozco a ninguna Matilde, pero le preguntaré a mi madre.

—He encontrado una llave —dije, y les conté cómo había aparecido al recoger la bicicleta—. Y el llavero tiene grabada una eme.

—Quién sabe —suspiró Francisco al oírlo—. Según parece, la casa está llena de misterios. Y nosotros sin enterarnos.

—¿Me acompañaréis mañana? —pregunté.

—¿Cuándo?

—En la hora de siesta.

VIII. El mirador

La mañana siguiente, después del desayuno, mientras el profesor corregía los trabajos de los nietos de doña Carola, vi a Berto pasear entre los setos barriendo con una escobilla de alambre. Me acerqué, estaba pálido pero una sonrisa iluminaba su mirada.

—¿Estás bien?

—Sí. ¿Y tú?

—Ya no me duele.

—¿Has tenido fiebre? —preguntó Amadeo tras de mí.

—¡Ay! —exclamé sobresaltada.

Berto sonrió, puso una mano sobre mi frente y contestó:

—No, no tiene fiebre.

—¿Por qué me asustas?

Amadeo no hizo caso a mi pregunta, miró al frente para comprobar que la abuela estaba sentada de espaldas a donde nos encontrábamos y preguntó:

—¿Estás segura de que el mirador es el final de la galería?

—¿Te ha contado Petra...?

—¿Estás segura?

—Sí.

—¿Estás segura de que había alguien?

—Sí.

—Casandra. Había un triángulo rojo en la primera puerta, en la que comunica el invernadero con la galería. Eso significa...

—Paso prohibido —terminó Berto.

—Pero...

—Si alguien vive en esa habitación, sea quien sea, no es nuestro problema. No tenemos derecho a investigar a las personas a las que la abuela da cobijo en su casa. Si ella no quiere que entremos en esa parte de la finca, está en su derecho.

—¿Y si esa persona está secuestrada?

—¡Qué fantasía! ¿No crees que si estuviese secuestrada te hubiera pedido auxilio en lugar de observar tranquilamente cómo te caías?

—¿Y el ectoplasma?

Amadeo me miró con sus ojos de fuego, luego hizo un gesto para que Berto hablase.

—Hemos estado leyendo mucho sobre ectoplasmas —me explicó Berto mientras guardaba la escobilla en el cesto de las herramientas—. Según parece, cuando una persona está viviendo un momento grave de su vida, ya sabes, un susto enorme, un disgusto, un momento de angustia, de terror o de pánico, desprende una energía que, de alguna manera, queda inerte en el lugar en donde ha tenido lugar ese momento. Esa energía, que guarda la forma del ser que la ha producido, se mantiene durante muchos años en ese lugar hasta que se va deshaciendo poco a poco. Es como una cortina que, según va diluyéndose, va perdiendo color y forma. Una cortina que se puede atravesar porque es sólo luz, y que se mantiene como colgada porque tiende a elevarse del suelo, por eso se dice que los ectoplasmas no tienen pies.

—Es un fenómeno físico —añadió Amadeo—. Se puede detectar por el descenso de la temperatura en el lugar en que se manifiesta. Algunos investigadores han podido hacer mediciones de los campos de energía. Ese ectoplasma puede ser cualquier persona que haya pasado un mal rato en esa galería, pero ya no está, no hay nada, es como una fotografía.

—Pero...

Amadeo me interrumpió:

—Casandra, déjalo estar. Te vas a meter en un lío y no merece la pena. Dentro de diez días estaremos todos fuera de aquí y no recordaremos para nada este verano ni la misteriosa señora de los pendientes de amatista.

—Hasta el verano próximo —aclaró Berto con tono nostálgico.

—Pues a mí me quedará una cicatriz en la rodilla, un recuerdo horrible de esta cárcel disfrazada de casita de veraneo y una enorme desilusión al recordar a unos chicos que son capaces de aceptar cualquier cosa con tal de no alterar su agradable rutina —dije furiosa.

—¿De verdad piensas que estamos aquí por gusto? —preguntó Amadeo—. Lo hacemos por la abuela. Ella se siente bien sólo con tenernos un mes en su casa. Nos cuida y se hace la ilusión de que nos educa según sus ideas y se siente útil. Se queda con los nietos para dar un mes de libertad a sus hijos, para que puedan descansar sin niños. Pero ni siquiera beneficia a los hijos. Por ejemplo mis padres, durante este mes se van a sitios diferentes, por separado, porque solos no saben qué hacer. Pero todos ponemos buena cara aunque no haya piscina, ni cine, ni discoteca ni ningún sitio al que ir fuera de la casa como no sea pasear por el pueblo en bicicleta. Y hasta ese paseo, que fue siempre muy agradable, se está convirtiendo en una pesadilla gracias a las gamberradas de mis primos. Pero procuramos que la abuela se sienta bien. Sólo la vemos una vez al año, no cuesta nada ser amable y dejarla creer que nos ayuda a todos.

—Jugando a la señora feudal.

—Es orgullosa —dijo Amadeo con calma—, y tiene motivos.

Iba a contestar pero me callé. No tenía derecho a meterme con la memoria de aquel don Carlos García-Eguilaz que daba nombre a todo lo que existía en aquel pueblo y en aquella casa.

—Piensa en otra cosa —me aconsejó Berto—. Hay muchas maneras de pasarlo bien.

—¿En esta casa? Todo está prohibido y vigilado. Lo único bueno aquí es la comida y el aire de la sierra. Más que una casa parece un hospital del siglo pasado.

No había terminado la frase cuando ya me sentía arrepentida de haberla dicho. Mire a Berto pero el chico no parecía haberse dado cuenta de mi metedura de pata, sin embargo, los ojos de Amadeo sí me dieron a entender que había sido inoportuna. No sabía si pedir disculpas al pálido muchacho que me sonreía divertido o echarme a llorar. Me decidí por lo más fácil y, dando media vuelta, me metí en la casa.

Las palabras de Amadeo y la mala conciencia por mi patinazo me acompañaron toda la mañana. Los nietos mayores de doña Carola salieron a molestar al pueblo con sus bicicletas. Los pequeños jugaban en el jardín. La señora, con los pies sobre un cojín, recibía unas friegas que le daba Justina en los tobillos con un aceite que esparcía su olor por todo el porche.

De pronto, vi pasar ligera la figura de Petra cargada con el cubo lleno de envases y trapos y la fregona.

—¡Petra!

Se paró un momento para esperar a que llegase con mi paso tirante.

—¿Vas a limpiar arriba?

La chica asintió y, antes de que yo dijese nada, me tendió el limpiacristales y la bayeta.

—He hablado con mi madre —dijo mientras recogía del suelo los pijamas, camisetas, toallas y ropa interior que plagaban el suelo del baño—. Dice que doña Matilde era la hermana mayor de la señora. Murió en un accidente en alta mar, durante un viaje de recreo por el Mediterráneo.

—Claro, por eso la conocía el cura, de cuando eran jóvenes y le arreglaba la bicicleta.

—También pregunté a mi madre por la señora del retrato del salón, la de los pendientes largos. Me dijo que era la madre de doña Carola, la mujer de don Carlos.

—¿Crees que puede ser la señora que se aparece en la galería?

—No lo sé —aseguró Petra—. ¿Vas a ir esta tarde a buscar el mirador en la galería?

—Pues...

—¿Qué pasa? —preguntó al verme la cara.

Le conté a Petra todo lo que había hablado con Amadeo después del desayuno y mi horrible metedura de pata al comparar la casa con un hospital delante de Berto.

—Amadeo entró a preguntarme por ti esta mañana. No me quedó más remedio que decirle lo que te proponías hacer.

—No importa, lo que me preocupa es haber molestado a Berto.

—No sufras —me tranquilizó—. Berto es extraordinario, no se molesta por nada. Seguro que no está enfadado. Siempre dice que no tiene tiempo para enfadarse.

Se me llenaron los ojos de lágrimas.

Petra intentó distraerme contándome pequeñas historias de otros veranos tan aburridos como aquel. Me habló de Carolina y su pasión por la ropa, me comentó que tenía tantos pantalones, camisas y camisetas que no repetía el mismo conjunto en todo el mes. Me contó, muy divertida, que Carlos y Enrique eran conocidos en el pueblo como «don Pepín y don Pepón» por sus figuras y su prepotencia. Se quejó de las gemelas, que con sus travesuras le habían puesto en más de un apuro y de Carlota, que invertía su brillante inteligencia en hacer reír a los demás.

—Si no fuese por el color de los ojos, nadie diría que Carlota y Amadeo son hermanos —terminó Petra.

Doña Carola había dado fin a la comida arrastrando los pies hacia su habitación y sus nietos se repartieron, como cada tarde, por sus habitaciones para dejar pasar entre revistas, cómics, cabezadas y videojuegos aquellas dos horas prohibidas.

Esperé en el descansillo de la escalera de piedra que bajaba desde la primera planta al pasillo de las habitaciones del servicio, hasta que la presencia de la cocina quedó reducida a la mezcla del olor a gazpacho con el azúcar quemado de los flanes de la merienda. Entonces, con mucho cuidado para no hacer ruido, atravesé la cocina y el invernadero y llegué frente a la puerta del triángulo rojo. La empujé arrastrando la maceta que constituía la improvisada cerradura y entré en la galería ciega. La tarde se colaba por las rendijas altas de la pared iluminando el suelo en rayos muy dibujados y allí, en el mismo sitio de siempre, impasible ante mis ojos, apareció la figura azul, ondulante aunque no había corriente, alta y erguida, luciendo sus fantásticos pendientes violetas.

Esta vez la miré más despacio, intentando calmar el temblor de mis piernas, fijándome en su contorno que se escapaba en cada ondulación y buscado algún detalle que me permitiese comprender.

Entonces oí unos pasos en el invernadero y vi llegar de puntillas a Francisco y a Petra.

—¿Por qué no nos has esperado? —Preguntó Petra.

—No sabía si queríais venir.

—Habíamos quedado ¿no? —protestó Francisco, y al verme la cara añadió—: ¿La ves?

—Sí. ¿Y tú?

—No.

Miré a Petra y negó con la cabeza. ¿Por qué ellos no la veían?

Avancé despacio atravesando aquella cortina azulada hasta alcanzar la otra puerta, al final de la galería ciega.

—¿Has sentido el frío? —preguntó Petra al chico detrás de mí.

—Sí.

Abrí la puerta de la habitación con el carné plastificado de la biblioteca y me eché a un lado para dejar pasar a Petra y a Francisco. La estancia no había cambiado nada desde mi primera visita. La cama permanecía igual y el queso y las nueces parecían un dibujo sobre la mesa cubierta de polvo.

—Aquí no hay nadie —dijo Francisco.

Miré detrás del biombo, en el armario, bajo la mesa... y cuando me disponía a mirar bajo la cama pisé algo duro entre el polvo que cubría el suelo.

—¿Qué...? ¡Una cadena!

—Espera —dijo Francisco y se acercó a mí para limpiar con su zapatilla el polvo que cubría la gruesa cadena oxidada.

—Por aquí está amarrada a la pared, detrás de la cama —dijo—, y por el otro lado...

Francisco siguió con el pie el trayecto de la cadena para no levantarla del suelo.

—... sigue por debajo de este tapiz...

Francisco levantó el apolillado tapiz que decoraba la pared del fondo y la luz de la tarde inundó la habitación.

Nos quedamos inmóviles mirando aquel balcón cerrado con cristales blanquecinos y a la mujer que, sentada en una silla oscura de espaldas a nosotros, miraba al exterior. La cadena que Francisco había seguido terminaba escondida bajo el descolorido vestido largo de la señora.

—Perdone, señora —empezó Francisco—. No conocemos esta parte de la casa y...

Pero la señora no se movía, seguía acodada en la barandilla interior del balcón con la cabeza apoyada en los cristales.

Me acerqué despacio para no asustarla y giré para verle la cara.

—Señora, nosotros... ¡¡¡¡Ahhhhh!!!!!

Francisco y Petra dieron un salto atrás al oír mi alarido.

—¿Qué pasa?

—Está... está...

Como no me salían las palabras, Francisco se acercó y su cara se quedó sin color. Tragó saliva, me apartó un poco e intentó evitar que Petra se acercase pero ya era tarde y la chica estaba delante de mí con la mirada fija en la señora apoyada en el balcón.

—Esta muerta —dijo casi sin voz.

Y entonces nos fijamos más. Era solamente un esqueleto con un vestido que parecía de tela de araña entre gris y azulado. Una cinta de raso irisado se mantenía, como por milagro, en su cintura. La cabeza apoyaba la frente, ya sólo hueso amarillento, en el cristal del mirador y conservaba el pelo descolorido peinado con una trenza en la espalda. Sobre uno de sus hombros, enganchado en el tejido del vestido, brillaba un pendiente de tres bolas de amatista. El otro pendiente, sin lugar en el que permanecer, se había caído sobre la falda.

—Es ella —susurré temblando.

—Vamonos de aquí —dijo Francisco.

Dejamos caer el tapiz despacio para no crear vibraciones ni corrientes de aire, cerramos la puerta con cuidado y corrimos por la galería ciega hasta la puerta del invernadero. Cuando tiré del cinturón para acercar la maceta que mantenía la puerta cerrada, vi de nuevo la figura transparente que se ondulaba sobre sí misma suspendida de la luz.

Sentados en la destartalada sillería del torreón, nos miramos sin decir nada durante un buen rato. Luego Francisco se levantó, respiró hondo como si volviese de una pesadilla y dijo:

—Bueno, ¿qué hacemos?

—Llamar a la policía —dije todavía asustada.

—Espera, espera. Vamos a pensar un poco.

—¿Qué hay que pensar? Cuando aparece un cadáver se avisa a la policía.

—Ya, pero este no es un cadáver común.

—¿Qué quieres decir?

Francisco se sentó frente a su ordenador y explicó:

—No es un cadáver reciente.

—Eso está claro —dijo Petra—. Es sólo el esqueleto. Debe llevar muchos años muerta mirando por el balcón.

—Con razón no se movía cuando me caí frente a sus narices.

—¿Qué narices? —preguntó Petra.

Y nos entró una risita nerviosa que no podíamos dominar y una tiritera que me hacía castañetear los dientes.

—No podemos quedarnos así, como si no hubiésemos visto nada —apunté temblando todavía—. Hay que llamar.

—Si llamamos a la policía esto se llenará de coches y de sirenas. Nos interrogarán, nos llevarán a comisaría y avisarán a nuestros padres. Y la abuela...

—La abuela es responsable por no vigilar y limpiar la casa en años.

—Casandra —dijo Petra muy seria—, no seas injusta.

Nos mirábamos, pensábamos, temblábamos... la hora de siesta pasaba despacio aquella tarde. Francisco acariciaba el teclado de su ordenador que en aquella ocasión no podía decidir por él. Petra, con la mirada perdida en un punto del horizonte fuera del torreón, intentaba adelantarse con la imaginación a las consecuencias de nuestro descubrimiento. Yo pensaba en Hugo y en mamá y en un final repentino de su viaje a Egipto.

—Tenemos dos opciones —dijo Francisco con voz grave—: Llamar a la policía y terminar de golpe con la calma de la casa o esperar a que acabe julio y contárselo a los padres.

—No se puede encubrir una cosa así.

—Pero Casandra, imagínate que en vez de entrar hoy en la habitación del queso y las nueces lo hubieras hecho dentro de diez días. Para la mujer del mirador es lo mismo.

—¿Quién será?

Petra me miró interesada.

—Lleva los pendientes de amatista.

—¿Puede ser la madre de doña Carola?

—No lo creo —respondió Petra muy segura—. La madre de doña Carola murió al darla a luz y está enterrada en el cementerio de la ermita.

—¿Y quién heredó los pendientes?

Petra se encogió de hombros.

—¿Se lo decimos a Justina? —preguntó Francisco.

—¡No! —casi gritó Petra—. Tiraría los huesos a la basura y me haría limpiar la habitación.

Francisco dibujó una sonrisa. Ni siquiera teníamos ganas de reír. Sin embargo, a Petra los nervios le desataban el ingenio.

—¿Y si se lo decimos a la señora?

—Nos mandaría a Santa Cipriana por chismosos.

—Van a ser las cinco —dijo Petra—. Tengo que bajar a la cocina y no hemos tomado una decisión.

—Lo decidiremos esta noche, ahora estamos demasiado nerviosos —dijo Francisco—. Si nos calmamos un poco encontraremos una solución.

—Hay que contárselo a Amadeo —dijo Petra y salió del torreón escaleras abajo.

IX. El cabás

Apenas pude cenar. Los ojos de Francisco y los míos se encontraban sin querer y el gesto distante con el que Petra intentaba disimular su nerviosismo le hacía tropezar o derramar el agua.

Amadeo no había estado en la casa en toda la tarde y había entrado en el comedor unos minutos antes de la cena. No habíamos tenido tiempo de contarle nada pero era seguro que estaba enterado de todo porque Petra ya había hablado a Berto de nuestro descubrimiento. Lo supe antes, en cuanto vi de lejos al hijo de la cocinera que me sonreía mientras regaba los rosales.

Después de cenar me entretuve un tiempo con mamá que me llamaba desde El Cairo. El viaje estaba siendo magnífico, tenía su cámara llena de imágenes para su libro y la voz llena de ilusiones. Cuando subí al torreón ya estaban todos. Hasta Berto, a quien habían subido sentado en una silla entre Amadeo y Francisco. Los cuatro balcones estaban abiertos y la noche, recién estrenada, se colaba dentro del torreón colgándose de los rincones.

Francisco describió nuestro descubrimiento con todo lujo de detalles, recreándose en el efecto que sus palabras causaban en el ánimo de sus oyentes. Al recordar tan vivamente la escena volví a sentir el hormigueo que aflojaba mis piernas.

—¿Podría ser una visita olvidada o una sirvienta que haya muerto de muerte natural? —preguntó Francisco cuando terminó su descripción.

—Si te parece natural morir encadenada a la pared de una habitación secreta... —argumentó Amadeo.

—No parece haber sufrido violencia.

—Hay muchas maneras de asesinar sin violencia aparente. Seguro que conoces muchas.

—¿Yo? Tú podrías matar con la mirada.

—Vamos —medió Berto mirando a Amadeo—. No lo podemos saber, no sirve de nada especular. Lo más importante es decidir lo que hay que hacer.

—Decirlo o callarlo —dijo Francisco.

—No podemos callarlo —intervine—. Yo no puedo hacer como que no lo he visto.

—Pero podemos esperar —insistió Francisco—. Serán sólo unos días y luego no nos afectará lo que pase.

—A Berto y a mí si nos afecta —apuntó Petra—. Ya no vamos a estudiar fuera. A partir de ahora, viviremos aquí todo el año.

Francisco agachó la cabeza preocupado. Por primera vez la realidad nublaba la dulce rutina de su mes en San Carlos. Petra no volvería al instituto interna, se quedaría allí y sería la continuación de Justina, sin esperanza, sin salida.

Amadeo entornó el balcón que quedaba a la espalda de Berto, se sentó en la mesa cerca de Francisco y empezó:

—Esa galería no pertenece a San Carlos.

—¿Qué?

—Lo he visto esta tarde. San Carlos acaba en el invernadero. Esa galería está en el terreno de la ermita vieja.

—Pero se comunica con el invernadero —dije.

—Sí, pero eso no quiere decir que lo que pase en esa galería tenga nada que ver con nosotros. Ese cadáver está en una construcción del terreno de la ermita, no en San Carlos.

—Yo no vi ninguna ermita —apunté.

—Está derruida, apenas queda en pie una parte del campanario y una pared. La galería se apoya en el muro de nuestra finca pero avanza sobre el terreno del cementerio.

—¡¿El cementerio?! ¡Yo no vi ningún cementerio!

—¡El viejo cementerio de la ermita! —exclamó Francisco—. No imaginé que estuviera tan cerca.

Petra me miraba con los ojos muy abiertos. Francisco había levantado la cabeza de golpe y Berto avanzó su mano para ponerla sobre mi hombro.

—Toda esa finca es un cementerio —aclaró Amadeo—. Los cardos y los matojos son tan altos que tapan las lápidas y las pocas cruces que quedan en pie. Los ailantos crecen por todas partes y no permiten pasar. Es un cementerio muy viejo, ya no se usa ni nadie parece ocuparse de él.

—¿Te has metido por allí? —pregunté acordándome de la altura de la broza.

—He ido con la *Montesa.*

—¿Has movido la moto sin el permiso de la abuela?

Amadeo no pareció oír el comentario de su primo y continuó:

—No sé de quien será la galería ni porque se comunica con la casa. Sólo sé que no es nuestra responsabilidad la aparición de ese cadáver.

—¿La has visto?

—Sí, desde fuera no se aprecian los detalles, pero ahí está, acodada en la barandilla tras los cristales. No creo que la haya visto nadie más. Ese cementerio está abandonado, la tierra que lo limita es del Obispado y el camino que hay detrás, del Ayuntamiento. Un camino que no conduce a ninguna parte y acaba en las ruinas de la ermita vieja. Seguro que no se ha usado en mucho tiempo.

—Entonces sólo somos responsables de habernos metido a curiosear —apuntó Berto con clama—. Pero eso no es tan grave teniendo en cuenta lo poco que queda de mes.

—Yo soy la responsable.

Amadeo me miró con sus ojos de tigre y dijo muy pausado:

—Todos estamos en esto. Todos somos responsables.

Francisco se enderezó, se apoyó en el quicio del balcón por el que se colaba la luna y dijo:

—Podemos dejar a Petra fuera de esto. Tiene que estar aquí todo el año y lo pagarán con ella.

La chica le miró con tristeza, se levantó del taburete en el que se había sentado y se dirigió a la puerta.

—¿Dónde vas, Petra?

Se volvió, me miró con una mezcla de rabia y pena, y explicó:

—Ya ves, ni siquiera puedo ser responsable de mis actos. Todos estábamos en esto, pero yo sólo soy una criada. No tengo que tener ninguna responsabilidad ni puedo mezclarme con vosotros, ni siquiera para compartir una culpa.

Francisco se acercó a ella, la abrazó y dijo muy serio:

—No te enfades. Lo hacía por tu bien, Petra.

—Tú estás con nosotros. Todos estamos en esto, no podemos cambiarlo y no puedes irte sin que decidamos lo que vamos a hacer —dijo Amadeo—. Francisco sólo puede opinar por sí mismo, no por los demás.

—Bueno, ¿qué haremos? —pregunté.

—Mañana por la mañana llamaremos a la policía y les contaremos lo que hemos visto. Investigarán por el cementerio, no por la casa.

—¿Y si sólo les decimos que la hemos visto desde fuera? —preguntó Francisco.

—Cuando descubran la comunicación con el invernadero darán con nuestras huellas y preguntarán. Y cuando sepan que no les hemos contado todo, desconfiarán de nosotros y eso es peor.

—Estoy de acuerdo — dijo Berto.

—Si no queda más remedio...

—¿Estás de acuerdo si o no? —apremió Amadeo a su primo.

—Sí.

—¿Y vosotras?

Petra y yo asentimos con la cabeza.

—¿Quién llamará? —preguntó Berto.

—Yo llamaré —dije poniéndome de pie—. Yo os metí en esto y yo llamaré.

Amadeo me miró un momento en silencio y luego dijo:

—Está bien. Tú llamarás.

Y añadió, mirando a Francisco.

—Ayúdame a bajar a Berto.

—Espera, Deo —protestó Berto, acercándose al balcón del telescopio —. Déjame observar las estrellas un momento.

Amadeo cogió la manta de Francisco, la sacudió y se la puso a Berto sobre los hombros.

Bajé a mi cuarto algo más tranquila, aunque aquel molesto hormigueo seguía subiendo y bajando por mi espalda. Al día siguiente, cuando llamase a la policía, acabaría todo aquel misterio pero daría lugar a una serie de momentos desagradables. Con un poco de suerte podría evitar que mamá y Hugo tuvieran que regresar antes de lo previsto. Al fin y al cabo, como había dicho Amadeo, la cosa no iba con San Carlos, el cadáver estaba en terrenos de la iglesia.

Abrí el balcón, los grillos se hacían notar en el silencio de la noche y un grupito de luciérnagas revoloteaban alrededor de la papelera del jardín. Olía el pinar y los geranios de las ventanas del piso bajo. Todo estaba en calma y hubiera sido muy hermoso si me hubiese sido posible olvidar la figura que ondulaba en azul en la galería y el esqueleto que miraba el camino del cementerio sin esperanza.

Recogí un poco mi ropa que había dejado olvidada por los acontecimientos. La camiseta de mi caída estaba enganchada, manchada de barro y aún tenía pajitas y briznas de hierba entre el tejido. Una hormiga escapó enloquecida cuando la extendí.

—«Una hormiga del cementerio» —pensé con un escalofrío.

El pantalón estaba peor, tenía un buen desgarrón en la rodilla y manchas de sangre. Lo dejé en un rincón de la habitación para sacarlo a la basura al día siguiente y seguí ordenando un poco la habitación, intentando distraer mi pensamiento que no dejaba de traerme imágenes y palabras.

El cuarto de baño estaba frío. Siempre estaba fría aquella habitación a la que parecía no llegar el sol ni el agua caliente. Abrí la ventana para que entrase el olor del jardín, aunque sabía que también entrarían en mis ojos las líneas de tejas que se perdían entre las ramas de los últimos pinos de la pared de San Carlos y el dibujo del lejano ciprés de la ermita vieja. Tiré de la hoja sin acordarme de aquel odioso centro de flores secas que adornaba el poyo de la ventana, y el vaso de loza se estrelló en el suelo rompiéndose en pedazos y esparciendo las polvorientas florecillas por toda la habitación.

—¡Maldito cacharro!

Recogí con cuidado los trozos del jarrón tratando de evitar que quedasen esquirlas, y agrupe con asco aquellas ásperas flores que se deshojaban al tocarlas. Lo envolví todo en mi camiseta rota y busqué un lugar donde esconderlo. Total, sólo me quedaban unos días para marcharme y luego... ¿qué importaba luego?

Pero tenía que esconderlo, estaba segura de que Justina daba una vuelta por las habitaciones inspeccionándolo todo. Lo había notado alguna vez cuando había dejado el balcón abierto o la toalla sobre la cama y lo había encontrado todo en orden al entrar después de la cena.

Miré por todas partes. En el cuarto de baño era imposible esconder nada, todo estaba al aire y no había armaritos ni cestos. Pensé que la habitación tendría más escondrijos, pero tampoco era tan fácil. La cama era muy alta y bajo la colcha, que quedaba muy corta, se veía el reflejo apagado de los baldosines de parte a parte. La mesilla sólo tenía un pequeño cajón tan plano, que casi no me cabía la *Game Boy*. Estaba segura de que Justina vigilaba el escritorio, sabía que había revisado mi agenda y colocado mis libros a su gusto. El único sitio que quedaba era el armario pero era tan alto que no podía llegar para poner encima los restos del jarrón, ni subiéndome a la silla. Y dentro...

El armario sólo tenía una puerta aunque, al estar junto a la del cuarto de baño, a primera vista parecía tener dos. El cuerpo del armario tenía una balda alta en la que había una manta apretada por mi maleta de ruedas, en el centro la barra en la que colgaban entre perchas vacías, mi chaqueta, mis pantalones y mi jersey de lana y tres cajones en los que Petra había colocado mi ropa interior y mis camisetas el primer día que llegué a San Carlos. Al ver el armario abierto me vino la idea.

—¡Debajo de los cajones!

Saqué el último cajón para descubrir el hueco que quedaba entre su fondo y el suelo del armario y metí la camiseta con los restos del jarrón y las flores secas, pero no cabía. ¿Cómo era posible? El hueco era lo suficientemente profundo como para meter mi envoltorio... ¿Por qué no...? Y entonces toqué algo liso y suave. Retiré la mano asustada, en aquella casa no se ganaba para sustos. Cogí la linterna del escritorio y la dirigí al hueco. Había una especie de caja grande de madera barnizada. La saqué con cuidado y la puse sobre la cama. Era un cabás como el que llevaban antes los niños pequeños para ir al colegio. Un precioso cabás de madera con una eme dibujada con maderas más oscuras incrustadas en la tapa, y un asa de concha. Intenté abrirlo, pero tenía un candado pequeño que lo impedía. Entonces recordé la eme del llavero y la llave que había caído del manillar de la bicicleta y la busqué en el bolsillo del pantalón roto.

Abrí con cuidado, las manos me temblaban de curiosidad y de miedo. El precioso cabás, forrado de terciopelo azul, contenía un cuaderno de tapas de tela, dos pasadores para el pelo con piedrecitas brillantes, una pulsera rota, una muñequita de porcelana vestida de china, algunos lápices de colores... cintas, sellos, fotos...

—«Parece de una niña» —pensé, y en ese momento encontré sentido a la percha baja de la puerta—. «¿Pero qué sentido tiene la habitación enrejada, los fusibles fuera y el cerrojo alto?».

Escondí el jarrón roto envuelto en mi camiseta en el hueco, volví a meter el cajón en su sitio, cerré el armario y me dispuse a mirar con detenimiento el contenido del cabás. Fuera, la voz ronca de aquel desconocido reloj marcó las doce.

El cuaderno de tapas forradas de tela confirmó mi sospecha desde la primera hoja: con muy mala caligrafía podía leerse: Matilde García-Eguilaz. Las páginas siguientes eran un destartalado diario sin ninguna continuidad. Sólo había algún apunte en cada fecha y, de un apunte a otro, pasaban semanas y a veces meses, pero cada línea era un grito o un lamento. Me emocionaban especialmente las que sólo contenían una palabra:

«*Mamá*»

Las fechas abarcaban siete años. La caligrafía no mejoraba a medida que avanzaba el diario, más bien se iba haciendo más confusa. No había un solo dibujo, ni una greca de adorno, ni una letra mejor dibujada, nada. Sólo pensamientos o descargas de una tristeza que me helaba la sangre. Algunas frases se repetían en fechas distintas, describiendo su angustia:

«*Lo intento, Dios sabe que lo intento.*»

Su desánimo:

«He fallado de nuevo. Sigue enfadado, enfadado, enfadado.»

Su melancolía:

«Otra vez mi cumpleaños. Ni siquiera una flor.»

O su desesperado rencor:

«No podrán olvidarme. Oirán mi voz aunque pasen los años. Llegaré hasta ellos desde donde esté.»

Volver, no dejarse olvidar ante el paso del tiempo. ¿No era eso lo que hacían los ectoplasmas?

No había una historia en aquellas páginas, ni una crítica ni una confesión. No se descubría nada en concreto al leer sus apuntes pero, cuando terminé la última página, tenía un horrible nudo en la garganta y las lágrimas mojaban mi cara.

Repasé el resto de los objetos del cabás. Los recortes de cintas de raso de colores diferentes eran lo más inquietante. Recordaba los trozos de cintas sobre la mesa en la habitación del queso y las nueces, y la cinta descolorida de la cintura del cadáver y entonces estuve segura.

—«Esa pobre mujer del mirador es Matilde García-Eguilaz».

Y si era la hermana de doña Carola era lo mismo que la galería no perteneciese a la finca, de todos modos, San Carlos se vería implicada.

Las fotos amarillentas, impresas la mayoría en tonos ocres, terminaron de confirmar mi idea. Aunque no conocía a ninguna de las personas retratadas, no era difícil identificarlas, especialmente la de la señora ataviada con mantilla que lucía los pendientes de amatistas. Detrás de la foto, escrito con lápiz rojo podía leerse *«Mamá en Sevilla»* y una fecha. Había también fotos de grupos familiares, de bodas, de bebés, de hombres vestidos de uniforme y una más grande que las demás, manchada de grasa y desgastada por los bordes, en la que se veía aquella cara insensible que presidía el salón, vigilaba desde su retrato ovalado la actividad del comedor y velaba desde la mesilla del cuarto de doña Carola. Aquel don Carlos que daba vida a todo un clan y extendía su influencia a todo el pueblo y sus alrededores.

Casi en el fondo del baulito, metida entre unos guantes de seda rosa y un pañuelo de encaje, descubrí una postal coloreada a tinta. Estaba fechada en París y decía:

> *«Querida hermana, esto es precioso. Siento mucho que no puedas viajar con nosotros, te encantarían los paseos, las terrazas de los cafés y los jardines. Si te curas pronto, repetiremos esta aventura, pero entonces tú vendrás con nosotros. Cuídate mucho. Te quiere, Carola.»*

¿Qué enfermedad tenía Matilde?

Mientras volvía a colocar todo en su sitio con el mismo mimo que lo había sacado, pensaba que tenía que dar cuenta a los chicos de mi descubrimiento, pero eso les haría pensar en la abuela con esa mezcla de respeto y miedo que aquella señora había impreso en el corazón de su familia, y no querrían seguir adelante.

—«Deben saberlo, Amadeo dice que todos estamos juntos en esto y tiene razón, pero se lo diré mañana, después de haber llamado a la policía» —decidí.

Dejé el cabás en el escritorio, apagué la luz para que no entrasen mosquitos y me acodé en el balcón dejando correr mis pensamientos entre la línea que dibujaban los pinos sobre la luna y las nerviosas volteretas de los murciélagos, hasta que el relente que anunciaba la mañana y la voz rota que cantaba las tres me hicieron cerrar el balcón y meterme entre las sábanas. Mi imaginación ponía figuras en los rincones de la habitación. Podía ver a Matilde niña sentada frente al desvencijado escritorio, volcando su soledad con aquella horrible caligrafía sobre su diario.

Podía imaginarla paseando de un lado a otro, peinando su trenza, que yo veía muerta, frente al espejo del lavabo y casi... casi podía sentirla en la cama, en la misma cama en la que yo intentaba dormir, llorando con la cabeza metida en la almohada.

X. Silencios, miradas, reproches

Antes de bajar a desayunar llamé a la policía. Hablé con la persona que me tomaba el recado con la mayor tranquilidad que podía encontrar en mi temblor.

—¿Ha sido un atraco? ¿Necesita una ambulancia?

Yo le aseguraba a la señora que me atendía que no había ninguna urgencia. Que aquel cadáver debía llevar allí muchos años.

—Pero, dígame: ¿cómo lo ha encontrado? No será una broma, señorita. La policía no puede perder el tiempo con bromas. Es un delito llamar para...

Tuve que explicar un poco por encima la situación y me tomaron mis datos personales y la dirección de San Carlos. Después, con una extraña sensación, mezcla de traición y de deber cumplido, bajé a desayunar.

Amadeo, que ya estaba de pié frente a su silla esperando la presencia de la abuela, me miró con una pregunta en sus ojos. Asentí y entonces los cerró y respiró con todo el pecho. Francisco, atento a mi gesto, tuvo que apoyarse en el respaldo de su silla y Petra, que se había quedado quieta con el cestillo de los bollos en la mano desde que entré en el comedor, levantó la cabeza satisfecha y siguió surtiendo la mesa con aire decidido.

Apenas unos minutos después, los pasos resbalados de doña Carola dieron inicio a la ceremonia del desayuno.

—Francisco —dijo de pronto la señora.

Amadeo, Francisco y yo levantamos la cabeza asustados. Aquel no era un nieto molesto para doña Carola. Nunca tenía ninguna queja contra Francisco, no le llamaba la atención ni se dirigía a él para nada.

—¿Qué estás haciendo?

—¿Qué? —se sobresaltó el chico, tan pálido como el mantel.

—¿Para qué has cogido ese panecillo?

Sólo entonces Francisco se dio cuenta de que sus nervios habían desmigado todo el panecillo junto a su tazón de cacao.

—¡Berto! —llamó Carlota muy divertida—. ¡Trae una gallina para Francisco!

Todos rieron, incluida la abuela que siempre encontraba muy ingeniosa a su nieta pelirroja. Petra se apresuró a limpiar las migas que bordeaban el tazón de Francisco mientras el chico, un poco aturdido y fastidiado, intentaba ayudarla.

Berto, que había acudido a la llamada de Carlota, lo observaba todo apoyado en el quicio de la puerta que daba a la cocina. Me miró con su impasible sonrisa, luego miró a Amadeo y desapareció tras los cristales.

Pasé la mañana esperando oír la sirena de la policía y ver entrar los coches con sus faros intermitentes llenándolo todo de inquietud y luces azules. Deseaba acabar con aquello cuanto antes y cuando vi a los nietos de doña Carola despedirse del profesor y coger sus bicicletas, me pareció que era el mejor momento para que apareciesen los agentes: cuando los chicos estuviesen haciendo sus correrías por el pueblo, lejos de la finca.

—¿No vienes, Amadeo? —preguntó Carolina, ajustándose bien su camiseta negra de tirantes.

—No.

—Mejor —dijo Carlota con un golpe de coleta—. Últimamente se pone muy plasta cuando pasamos por el corral del Arturo.

—Con lo divertido que es asustar al burro.

—Es un burro muy viejo —explicó Amadeo—. Arturo ya no le necesita para el campo, tiene un tractor, pero le quiere como si fuese de su familia. ¿Por qué molestarle?

—Pues claro que es de su familia —rió Carlota marcando mucho sus hoyuelos—. Por eso es tan divertido.

—Vamos, Amadeo —intervino Carlos—. Es sólo un burro.

—Si le molestáis, Arturo se hartará y vendrá a contárselo a la abuela.

—A qué no —dijo Carlos retando a su primo—. Aguantará lo que sea. No faltaba más.

—¿Vienes o no? —insistió Carolina con mimo.

—No.

Carlota se volvió, me miró fijamente y dijo con sarcasmo:

—Déjale. Mi hermanito ha encontrado otros animales a los que molestar.

Amadeo me clavó sus ojos buscando mi reacción, volvió la cara hacia su hermana y dijo con su voz pausada:

—Es una lástima que siendo tan inteligente, siempre parezcas estúpida.

Carlota le hizo una reverencia burlesca y salió corriendo para seguir a sus primos que se habían adelantado.

Eran casi las doce cuando sonó el teléfono que doña Carola ponía sobre la mesa junto a su llavero, cuando se sentaba a tejer en el porche.

—¿Qué pasa, Rómulo? ¿Quién? ¿Linares?

Sentí un escalofrío. Estaba sentada junto al seto de las petunias intentando leer pero sin conseguir enterarme de nada, atenta a cualquier cambio y esperando que saliese Amadeo, que había desaparecido dentro de la casa en cuanto los chicos salieron con las bicis.

Se me hizo eterno el rato que tardaron aquellos dos hombres, acompañados de Romulón, en atravesar el jardín. Nada de sirenas, luces azules ni policías armados. Eran dos guardias civiles. Uno grueso que se mecía al andar, y otro muy joven

—¿Cómo está, doña Carola? —preguntó el más gordo con un amago de saludo.

—Bien sargento ¿Y usted? ¿Cómo sigue su mujer?

—Bueno..., según el día. Ya sabe usted cómo es eso de la vesícula.

—¿Viene a dar una vuelta, Linares?

—El caso es que... nos han avisado que se había recibido una llamada... denunciando el descubrimiento de un... cadáver en esta casa.

—¿En mi casa? No, se han equivocado.

—Sí, eso pensamos nosotros, pero la central insiste. La llamada ha sido desde esta casa. Seguramente será una broma de alguno de sus nietos.

—No creo que ninguno de mis chicos haga una cosa así —dijo la señora—. Sin duda es una equivocación.

—Espere, lo tengo aquí —el sargento buscó un cuadernito en su bolsillo y leyó—: Casandra Salas Baena. Ha llamado esta mañana, sobre las ocho.

—¡Casandra! —casi gritó la señora—. Esta niña...

—¿Nos has llamado tú? —preguntó el agente cuando estuve cerca.

—Sí.

—A ver. ¿Dónde está ese cadáver?

—Detrás del invernadero —empecé, aunque no sabía muy bien cómo explicarme entre los nervios, el miedo y la mirada fulgurante de doña Carola—. Al final de la galería. Hay que levantar el tapiz y...

—¿Qué está diciendo? —preguntaba la abuela.

—Doña Carola —intervino el agente con aire aburrido, como si se tratase de un capricho mío—, será mejor que entremos y comprobemos de qué se trata.

—No es necesario, Linares. Esta niña no es mi nieta, es una invitada y casi no la conozco. Lleva aquí sólo veinte días y es un poco... rara. Será mejor que me acompañen al despacho y hablemos con calma.

Doña Carola se levantó lo mejor que pudo y entró en la casa seguida por los dos guardias civiles. Yo no sabía qué hacer, pero el más joven de los dos agentes se apartó para que yo pasara y me hizo entender que debía entrar en el despacho. Al atravesar el recibidor vi a Petra, que me miró un instante y luego echó a correr hacia la cocina.

—Siéntense, por favor —invitó la señora después de abrir con una de las llaves de su nutrida anilla y de encender la luz del despacho de don Carlos.

—Señora, no es necesario. Sólo echaremos una ojeada. Si es una fantasía o una broma, nos iremos enseguida.

—Será sólo un momento. A ver, Casandra. Explícate.

Empecé a relatar mi descubrimiento sin pararme en detalles, contando mis escapadas en las horas de siesta y mis aventuras por los pasillos de San Carlos. La cara de doña Carola había pasado del estupor al desprecio y después a la rabia y cuando conté lo que había visto en el mirador en mi caída, la señora dio un puñetazo tintineante en la mesa y gritó:

—¿Por qué no me lo dijiste? Yo tenía que haberlo sabido antes de...

—Está prohibido dirigirse a usted —dije más calmada, al ver a la insigne señora perder los nervios—. No me atrevía a contarle nada.

—También está prohibido saltarse los triángulos rojos y para eso no has tenido escrúpulos.

—Señora, por favor —intervino el agente más joven con los ojos muy abiertos—, deje a la chica que siga con su información.

—Pues... —continué—, para salir de dudas, entramos de nuevo en la habitación y...

—¿Entrasteis? ¿Quiénes entrasteis? —tronó doña Carola.

Dudé un momento, había metido la pata al pluralizar. Hasta aquel momento había podido contarlo todo como si sólo fuese cosa mía y ahora... Pero para eso habíamos llegado a un acuerdo la noche anterior en el torreón, todos estábamos en el lío.

—Francisco, Petra y yo.

—¿Quién más lo sabe? —preguntó la abuela, a la que parecía importar más la desobediencia de sus nietos que lo que pudiera significar nuestro descubrimiento.

—Amadeo y Berto.

—Esos dos... —murmuró la señora mientras marcaba un número en su teléfono—. Justina, di a Amadeo que venga al despacho —ordenó.

—Son cosas de los chicos, doña Carola. Se aburren y se les ocurren mil maneras de molestar. Si yo le contara... No se preocupe por nada, echaremos un vistazo para cerrar el expediente de la llamada y nos vamos enseguida.

Pero antes de que la abuela contestase, sonaron dos golpecitos en la puerta y la figura de Amadeo se recortó a contraluz en el umbral. Debía de estar muy cerca, esperando a que le llamasen, porque no tardó nada.

—¿Qué sabes de un... cadáver que dice haber descubierto esta niña? —preguntó la señora mirándome con desprecio.

—Está atrás, en terreno del cementerio. En el mirador de una construcción que pertenece a la ermita vieja —aclaró Amadeo dirigiéndose a los agentes—. Si quieren puedo llevarles.

—La joven dice que lo descubrió en la casa —dijo Linares con gesto preocupado.

—Se puede pasar a través de la casa, pero ese anexo no pertenece a San Carlos.

—¿Hay entrada por el cementerio? —preguntó el agente.

—Nosotros no hemos visto ninguna —respondió Amadeo.

—Entonces —dijo el sargento Linares levantándose de la silla—, si usted nos lo permite, señora, entraremos por la casa y luego ya se verá lo que hay que hacer.

Doña Carola se había quedado callada y muy pálida al oír la explicación de su nieto. Por primera vez parecía entrar en su cerebro la importancia del descubrimiento. Un ligero temblor movía su mano adornada de anillos.

—Yo les acompañaré —dijo mientras demandaba la ayuda de Justina desde una campanilla de bronce que dormía sobre la mesa.

Atravesamos el recibidor, la cocina y el invernadero. Yo iba delante, marcando el camino. Detrás, Amadeo quitando cualquier obstáculo al paso de su abuela que, apoyada en el brazo de Justina, caminaba arrastrando sus zapatillas de terciopelo. Tras ella, los dos agentes seguían pacientes el paso lento de la señora, escudriñando con su adiestrada mirada cualquier detalle.

Cuando llegamos a la puerta que separaba el invernadero de la galería, la abuela explicó:

—Esta puerta está condenada desde hace muchos años. Mi padre la mandó abrir cuando murió mi madre para poder pasar a visitar su tumba sin salir de la finca. De eso hace muchos años. Desde la muerte de mi padre nadie la ha abierto... hasta ahora —dijo fulminándome con los ojos—. Estaba cerrada con llave y nadie tiene esa llave, al menos que yo sepa. La guardaba mi padre y... debió perderse. Yo nunca la busqué, no me interesa esta galería que no pertenece a la casa. Es el deposito del cementerio viejo y es uno de los lugares prohibidos para los chicos, aquí está el triangulo rojo.

—¿Cómo abriste? —me preguntó el agente.

—Empujando.

—La cerradura es muy antigua y está muy oxidada —explicó el más joven a su compañero—. Ha saltado el muelle.

Empujé la maceta y la galería ofreció su juego de luces y sombras; y allí seguía, ondulante, transparente y azul el ectoplasma de Matilde García-Eguilaz.

—¡Dios mío! —exclamó Justina.

—¿Qué te pasa? —preguntó doña Carola.

—Nada, nada, señora. Me había parecido ver...

Justina temblaba, le temblaban hasta las cintas que ataban su delantal negro.

Amadeo y yo cruzamos una mirada. La abuela no veía a la señora azulada y los guardias tampoco parecían apreciar nada especial en la galería. Sus miradas iban de las ranuras que dejaban entrar la luz cerca del techo, al rastro de nuestras pisadas en el polvo del suelo. ¿Qué determinaba que unas personas pudiésemos ver el ectoplasma y otras no?

Atravesamos la galería y Amadeo abrió la puerta de la habitación con su tarjeta. Uno de los agentes observó con detenimiento el resbalón de la cerradura y luego encendió la luz desde una llave en la pared. La única bombilla que colgaba del techo en el centro de la estancia, apenas se veía con el forro de telas de araña y polvo que la cubría.

—¿Dónde está? —preguntó el agente Linares.

Me acerqué al tapiz y lo levanté con cuidado. La imagen de aquella mujer asomada al balcón dejó inmóviles a los dos hombres por unos momentos. La abuela, que había mirado de un lado a otro la desconocida habitación sin poder fijar sus ojos en ninguna cosa, se quedó parada, cegada por la luz que se colaba del cementerio y sobrecogida por el hallazgo. Justina soltó un gemido contenido.

El agente mayor se acercó para ver el cadáver de frente.

—Bueno, esto es muy antiguo —dijo, y añadió dirigiéndose a su compañero—: Hay que avisar al juez.

Tomó unos apuntes en su cuadernito, se encogió de hombros resignado y comentó:

—Bueno, pues no toquen nada —y volviéndose al guardia joven añadió—: Ahora hay que sellar la puerta.

Al ver a doña Carola petrificada frente al esqueleto apoyado en el mirador, el agente Linares le preguntó:

—¿La conoce?

—Es mi hermana Matilde.

Y se desmayó.

Tiesa como un palo, sin comer, pero sentada en el sitio de doña Carola, Justina presidió la comida.

Los chicos no habían notado la falta de su abuela hasta el momento de sentarse a la mesa, aunque habían visto el pequeño coche marrón del médico en la puerta de la finca.

—Pensé que don Mariano había venido por Berto, como otras veces —había comentado Carolina cuando supo el desmayo de su abuela.

Pero nadie les informó de la causa del malestar de la señora y la comida transcurrió en silencio, sin más incidencias que las miradas que nos cruzábamos Amadeo, Francisco y yo.

En mitad de la hora de siesta, cuando cada uno estaba en su cuarto, Romulón abrió las puertas de San Carlos para dejar pasar dos coches y una furgoneta fúnebre.

Escondida detrás de la enorme maceta que decoraba la esquina del descansillo de la escalera, oí cómo el agente Linares preguntaba a Justina:

—¿Cómo está la señora?

—El doctor dice que ha sido por el susto. La señora tiene delicado el corazón.

—¿Puede recibirnos?

—Ahora descansa —respondió la madre de Petra.

—Pues... no quiero molestarla pero tenemos que entrar. ¿Cuántos años tiene el nieto mayor de doña Carola?

—Dieciocho.

—Avísele, por favor.

Carlos, más soberbio que nunca, ahuecando la voz, se presentó.

—Carlos María Pinart Rejuelo y García-Eguilaz.

El sargento Linares le miró de arriba abajo.

—¿Tú eres Carlitos? Cómo pasa el tiempo. Te pareces mucho a tu padre.

—¿Qué ocurre, sargento?

El agente le contó lo ocurrido muy por encima y Carlos, muy tieso y sin color en los labios, llamó a Justina para que abriera y entraron los tres en el despacho. Al cabo de un rato el sargento salió para dar las instrucciones a los hombres que esperaban en el jardín y se encaminaron, precedidos por Justina que no había dejado de temblar, hacia el invernadero.

—Casandra.

—¡Ay! —exclamé asustada al oír la voz de Amadeo a mi espalda—. ¡Qué manía! ¡No me asustes!

—¿Ya han venido?

—Sí —y le conté lo que había visto—. Carlos no ha salido del despacho todavía —añadí.

Amadeo entró en el despacho y salió a los pocos minutos.

—Está bien, un poco aturdido. Dice que se quedará ahí por si le necesitan para algo.

—¿Cómo está tu abuela?

—Don Mariano opina que ha sido la impresión. Se pondrá bien en cuanto descanse un poco. Es su médico de toda la vida y se va a quedar con ella hasta que despierte. Todo parece estar controlado.

Salimos al jardín. La tarde era muy calurosa y nada parecía haber cambiado fuera de los coches que esperaban en la puerta de la casa. Mi única preocupación era que decidiesen avisar a los hijos de doña Carola y mi madre y Hugo tuvieran que interrumpir su viaje.

—No te preocupes por eso —me tranquilizó Amadeo—. Carlos se ocupará de representar a la familia. Está asustado, pero le encanta.

La delgada figura de Berto apareció tras los rosales del cenador.

—¡Eh! —exclamó Amadeo en voz baja—. ¿Qué haces aquí?

—Estaba buscando matas de ailantos por ahí detrás. Dijiste que la finca de atrás está llena. Si se pasan a San Carlos será muy difícil erradicarlos y se comen cualquier jardín.

—Hace un bochorno horrible. Tendrías que estar acostado.

—Estoy bien, Deo. ¿Qué ha pasado?

—Ha venido la guardia civil, el alcalde y el juez. Están dentro.

Francisco, apoyado en el balcón del torreón que daba al jardín, nos observaba.

—¿Y Petra? —pregunté—. ¿Dónde está?

—Justina le ha dicho que no se mueva de la cocina por si hace falta algo —me informó Berto.

—¿Crees que todo esto lo pagarán con ella cuando nos vayamos?

—Francisco no lo consentirá —aseguró Amadeo mirando al torreón, y añadió—: Y yo tampoco.

—No hay nada que pagar —dijo Berto—. No hemos hecho nada, no es culpa nuestra lo que le ocurriera a esa pobre mujer.

—Es Matilde, la hermana de doña Carola.

—¿Quién? ¿Cómo lo sabes?

—La abuela la reconoció —explicó Amadeo.

—¿Cómo?

—No lo sé, tal vez los pendientes o el vestido.

—Pero tu abuela no vio el ectoplasma —comenté—. Ni ella ni los dos agentes.

—Justina sí lo vio.

—¿Por qué unas personas podemos verlo y otras no? —pregunté.

—No he leído nada sobre eso en los libros del padre de Amadeo. Supongo que es cuestión de sensibilidad y estado de ánimo —intentó explicar Berto—. Si te fijas, sólo lo hemos visto los que de alguna manera creíamos en ello y los que estaban asustados.

—Pero una vez que lo has visto, lo ves siempre —añadí.

—Supongo que sí.

En aquel momento entró otro coche.

—Don Bernardo y el cura nuevo —dijo Berto.

—¡Y el Rufino! —exclamó Amadeo al ver bajarse del coche a un hombrecillo menudo y nervioso—. Ahora sí que lo sabe todo el pueblo.

—Es el sacristán —me explicó Berto casi al oído—. Ejerce de cronista en el ayuntamiento y de cotilla entre sus vecinos.

Don Bernardo, el viejo y abultado sacerdote, pasó al despacho limpiándose el sudor con un enorme pañuelo blanco. El cura joven y aquel hombrecillo se colaron hacia el invernadero y aún tardaron más de media hora en empezar a salir todos. Iban muy serios y se hablaban en voz baja. Los hombres del coche fúnebre sacaron un ataúd de la furgoneta y volvieron a entrar. En ese momento, salían el alcalde y un hombre muy corpulento que parecía caminar con esfuerzo.

—¿Quién es ése? —pregunté.

—Arturo.

—¿El del burro?

—Sí, pero también es el juez del pueblo.

Carlos salió del despacho y se pararon a hablar en el porche hasta que los hombres del coche fúnebre metieron en él la caja con los restos de Matilde García-Eguilaz. Luego se despidieron, subieron a los coches y desaparecieron por la verja de San Carlos dejando la tarde llena de silencios.

El médico se despidió pasada la media tarde. Se acercó a Amadeo para darle instrucciones sobre los medicamentos que había recetado para la abuela. Al verme, se dirigió a mí con aire condescendiente.

—Niña, estas cosas no se hacen así. La señora ha sido muy generosa contigo, te ha tratado como si fueses su nieta y tú no has tenido ninguna consideración hacia ella. Ya tienes edad para darte cuenta. No se puede ser tan irresponsable.

Y se alejó hacia su coche murmurando:

—No si... lo que no ha pasado en quince años con los nietos, ocurre en unos días con una mocosa que... ¡Señor, qué juventud tan insensible!

Me quedé muy aplanada. Mi intención no había sido hacer daño a doña Carola. Yo no había buscado encontrar aquel cadáver. Yo no quería...

—Tranquila, Casandra —dijo Berto, pasando su brazo por mis hombros—. Todos se creen con derecho a opinar y, ya sabes, necesitan alguien a quien culpar.

El viejo sacerdote se iba con el médico, ya no quedaban extraños en San Carlos. Todo volvía a la normalidad pero los pequeñines no merendaron en el porche, los nietos de doña Carola no salieron al jardín aquella tarde y la cena transcurrió con la presidencia de Justina entre miradas serias y gestos aburridos.

Por la noche, en el torreón, Petra comentaba algunos detalles que había oído contar a su madre en la cocina, mientras preparaban la cena.

—Estaba encadenada por un tobillo hasta la pared con una cadena soldada y lo suficientemente larga, como para poder moverse por la habitación y salir al mirador.

—Pobre mujer.

—¿Encontraron algo en la habitación? —preguntó Francisco.

—Comida podrida, ropas, cintas, cuadernos y muchas hojas sueltas por todas partes. Se lo han llevado para ponerlo en orden y ver si se puede sacar algo en claro de todo eso escrito. Todo lo demás lo han dejado donde estaba y han precintado la habitación.

—¿Y la galería?

—No —respondió Petra—. Han precintado la puerta de la habitación. Mi madre me mandó barrer la galería.

—¿La del ectoplasma?

—Sigo sin ver nada —dijo Petra—, pero me aterra. Encontré entre el polvo una de las hojas escritas. Se le debió de volar al guardia civil que las metió en un maletín.

—¿Dónde está?

Petra sacó un papel doblado del bolsillo de su delantal. Era un folio amarillento garrapateado con aquella horrible caligrafía del diario que había encontrado en el cabás. Francisco se asomó por encima de mi hombro para leer a la vez que nosotras.

«Sólo me queda el fuego de la noche saltando sobre las piedras. Sólo el chirrido de los grillos y la amenaza del ciprés. No soy más que el musgo, no peso más que las flores de los cardos, pero nunca dejarán de oír mi voz. Nunca podrán olvidar mi lamento.»

Y en ese momento, el quejido oscuro y distorsionado de aquel desconocido reloj marcó las dos de la mañana.

XI. Desbandada

Amaneció entre golondrinas y pinos, como cada mañana. Como si San Carlos tuviese una vida propia que no se viese alterada por los acontecimientos ni por los sentimientos de las personas que la habitaban. Doña Carola no acudió al comedor a desayunar ni tampoco presidió la comida. El médico la visitó por la mañana y antes de marcharse, habló con Amadeo:

—Está repuesta físicamente, pero muy afectada. No quiere ver a nadie que no sea don Bernardo. Hay que tener paciencia, pero se recuperará. Tu abuela es una mujer muy fuerte.

Los chicos andaban fastidiados de un lado a otro del jardín. Ni Justina ni Carlos les dejaban salir con las bicicletas ni acercarse a la verja de la finca. De vez en cuando, algún vecino del pueblo se paraba frente a la puerta y Romulón tenía que hacer gala de su ferocidad para espantarle. Pero al mediodía ya era imposible para el muchachote mantener la puerta vacía. Los curiosos se agolpaban frente a la verja intentando adivinar lo que ocurría en la casa. Por la tarde, una furgoneta descargó a varios periodistas con sus cámaras. Romulón no les dejó pasar, pero ellos montaron una escalera sobre el techo de la furgoneta para filmar desde fuera con teleobjetivos el interior de San Carlos.

En el telediario de la noche salió la noticia con imágenes del pueblo, de la finca y algunas escenas antiguas de la vida pública de don Carlos García-Eguilaz tomadas del NODO.

—«Según parece —leía el locutor—, el cadáver, que es sólo un esqueleto, pertenece a doña Matilde, hija mayor de don

Carlos, a quien se dio por desaparecida en un accidente marítimo hace más de cuarenta años».

La noticia la completaban algunas imágenes de los vecinos del pueblo que, apenados, asombrados o irónicos, comentaban frente a la cámara sus impresiones sobre aquel suceso que alteraba su pausada rutina.

A los pocos minutos sonó el teléfono. Era la madre de Carolina, la única hija de doña Carola. Habló con Justina, que la tranquilizaba lo mejor que sabía.

—No se preocupe, están todos bien. Sí... la señora está bien. No... no hace falta. Bueno, si usted quiere hacerlo así... Sí, sí. Se lo diré enseguida. No... no... no se preocupe.

Y cuando colgó el teléfono, muy nerviosa, buscó a Carolina que, con los cascos puestos y canturreando, se pintaba las uñas en el porche, sentada en el suelo.

—Dice tu madre que prepares tus cosas y las de tus hermanos, que pasará mañana a buscaros.

Carolina levantó los ojos y la miró como si no entendiese lo que le estaban diciendo.

—Pero... mañana no es treinta y uno.

—Haz lo que te he dicho —ordenó muy seca Justina.

—¡Jo!

Y se levantó de mala gana, agitando los dedos para secar la laca morada que acababa de darse en las uñas.

Al día siguiente, después de permanecer en la habitación de doña Carola más de una hora, su única hija cargó en el coche las maletas y los trastos de sus hijos y se llevó, sin despedirse, a Carolina, al revoltoso Jaime, experto en gusanos, a la delicada Carla, que se había pasado el mes entretenida con sus lápices y su cuaderno de colorear, y a aquel pequeñín que chapoteaba al sol en el mismo barreño que mi hermanito cada mañana.

El jueves llegó Enrique, el segundo hijo de doña Carola, con su vistosa mujer y, después de visitar a su madre durante unas horas, se llevó a su perezoso hijo, a las gemelas y a aquella otra Carolina de rizados bucles que tiraba el chupete más lejos que nadie.

El viernes amaneció nublado y el viento caliente hacía presagiar una tormenta. La casa se había quedado sorda sin la alegría de los pequeños. Sólo quedaba Lucas, el hermano de Carlos y de Francisco, que sin sus primos sólo se hacía notar cuando simulaba el ruido del motor de sus cochecitos sobre la mesa de piedra del jardín, y mi hermanito que era toda la atención de Nani, ahora que se habían ido las otras dos niñeras.

Doña Carola seguía sin salir al porche y sin sentarse a la mesa, aunque todos sabíamos que estaba bien porque oíamos sonar su campanilla varias veces al día y porque Amadeo pasaba, de vez en cuando, a comprobar que seguía la medicación y que estaba tranquila. Había rechazado muy enfadada, casi furiosa, a los enviados de revistas y periódicos y a las cámaras de la televisión. Este detalle me tranquilizaba porque así era más difícil que la noticia del lúgubre hallazgo llegase a oídos de Hugo. Carlos intentaba seguir jugando al señor de la casa, pero nadie obedecía sus órdenes, ni siquiera le escuchaban, y era Justina quién disponía.

Aquella mañana ayudé a Petra a limpiar y recoger las habitaciones que se habían quedado vacías. Al terminar, las cerró con llave.

—Hasta el año que viene —me dijo cuando le pregunté por qué lo hacía—. Las habitaciones que no se usan se cierran con llave. A la señora no le gusta que estén abiertas y en invierno sólo se usa el comedor, la cocina y su habitación. Por aquí arriba nunca sube. Ni siquiera se abre la calefacción.

Después de la comida, el coche del cura joven dejó a don Bernardo en la verja de San Carlos. El anciano sacerdote avanzó resoplando por el camino del seto hasta el porche, saludó a Justina y a Amadeo, que había salido a recibirle, y pasó a visitar a doña Carola. Parecía algo más alterado que de costumbre.

A media tarde, cuando Amadeo y yo ayudábamos a Francisco a colocar un poco el desorden del torreón, oímos un grito horrible y varios portazos. Corrimos escaleras abajo sin saber qué podía haber pasado. No parecía la voz de doña Carola, parecía... sí, era Carlota la que había lanzado aquel alarido. Petra la había sentado en la cocina e intentaba calmarla.

—¿Qué ha pasado? —preguntó Amadeo.

—Estaba en la galería —explicó Petra.

—¡Está ahí! —gritaba Carlota señalando el invernadero—. ¡Está ahí la muerta!

—Ha visto el ectoplasma.

—Vamos, cálmate. No es de verdad, es sólo una energía.

Pero la niña no podía dejar de moverse y señalar la puerta. Lloraba y gemía a la vez y, por más que la abrazaba su hermano, no conseguía serenarse. Justina, muy pálida cuando Petra le contó lo que había visto Carlota, le mandó preparar una infusión y la fue calmando a base de órdenes.

—Ya está bien de gritos, niña. Tu abuela está descansando. Tómate esto y acuéstate. Petra te acompañará a la cama.

—No quiero —lloraba Carlota—. No quiero estar sola.

—Yo me quedaré contigo —dije, y ayudé a subir a la chica a su cuarto.

Me quedé con Carlota toda la tarde, explicándole lo que sabía sobre ectoplasmas y contándole nuestras correrías de los últimos días por la galería y la habitación secreta. Cuando, aparentemente más calmada, se quedó dormida, bajé al comedor.

Ya habían cenado todos, y Carlos y Francisco, sentados en el porche, hablaban con don Bernardo. Amadeo se acercó al verme.

—¿Cómo está?

—Bien, se ha quedado dormida.

Me miró con agradecimiento.

—¿Todavía está aquí don Bernardo? —pregunté, al ver la oronda figura del sacerdote en el sillón de doña Carola.

—El cura joven ha llamado para decir que se retrasará. Tenía una boda en otro pueblo y se ha entretenido con el banquete y la fiesta. ¿Tienes hambre?

Petra me trajo un bocadillo y me senté en el porche, junto a los nietos de doña Carola que escuchaban atentamente lo que contaba don Bernardo.

—... y era un hombre muy importante. Yo era muy joven cuando le conocí, acababa de venir de párroco al pueblo. Don Carlos tenía dos hijas: Matilde, que era la mayor y Carola. Eran dos jovencitas encantadoras. La esposa de don Carlos había muerto al dar a luz a la pequeña y el padre se ocupaba de las niñas personalmente. Sí, un hombre extraordinario —se calló un momento, como si estuviese viendo al hombre que describía, hinchó el pecho con un suspiro y continuó—: Yo venía mucho por la finca, sobre todo para dar clase a Matilde. Era una niña muy despierta, había aprendido a leer enseguida y leía todo lo que caía en sus manos, aunque para escribir tardó un poco más. Yo le daba matemáticas, geografía, historia... No iba al colegio, su padre no quería que saliese de casa.

—¿Por qué? —preguntó Francisco.

—Porque era zurda. No había manera de cambiarle ese defecto. Todo lo hacía con la mano izquierda. Don Carlos estaba desesperado, recurrió a todos los medios, inventó mil maneras de corregir aquel vicio. Le ataba la mano izquierda a la espalda para que tuviera que comer y escribir con la derecha. Le quitó el freno izquierdo de la bicicleta para que se acostumbrase a reaccionar con la mano diestra... le vendaba la mano... pero no conseguía nada. Era la persona más zurda que he visto nunca.

—Pero eso no es un defecto —protesté.

—Bueno... —dudó el cura—, eso dicen ahora. El caso es que don Carlos estaba desesperado con su hija. Era muy inteligente y muy guapa, alta, fina, elegante... pero le ofendía con su manía de hacerlo todo con la mano siniestra. Y claro, el pobre hombre no podía consentir que sus amistades se enterasen de su vergüenza, por eso no permitía a la niña salir de la finca. Para tratar de que cambiara la encerró en su cuarto y le impuso tareas que tenía que realizar con la mano derecha; bordar, modelar, pintar, mientras mantenía la mano izquierda sujeta contra el pecho por un pañuelo de gasa. Parece que la estoy viendo... tan esbelta, tan graciosa en sus movimientos, a veces tan callada pero con sus hoyuelos al borde de una sonrisa, interesada por todo... siempre con su manita escondida bajo la gasa. Casi siempre estaba vigilada por mí, cuando subía a darle clase o por una criada que se encerraba con ella en el cuarto. Pero a pesar de tanta vigilancia, Matilde se escapó saltando por la ventana. Don Carlos, con mucha dedicación, la buscó por todo el pueblo y la encontró ya cerca de la carretera, a punto de subir al autocar de línea que iba entonces hasta Segovia. La volvió a traer a casa sin un castigo, sin una reprimenda, sin un reproche... Era realmente un hombre de infinita paciencia y muy generoso, podía haberla enviado a un internado o al convento de Santa Cipriana, que tanto ayudó a levantar y a mantener. Pero no, la devolvió a la seguridad de su hogar, que era verdaderamente un hogar cómodo y agradable.

—Y enrejado —añadí yo—. La metió en su habitación y puso rejas en las ventanas y cerrojos en las puertas. Hasta podía cortar la luz cuando se le antojaba y dejar a la pobre Matilde a oscuras.

—¿Cómo sabes eso?

—Es la habitación que utilizo yo, al final del pasillo. La única que tiene cuarto de baño, la única enrejada.

El cura me miró con reproche por el tono de mi voz y siguió su relato:

—En cambio Carola era muy seria. Siempre brillante, era el orgullo de su padre. Cuando estalló la guerra civil, don Carlos mandó a Carlota a París con unos parientes, y se quedó con Matilde en la casa. Yo no estuve en el pueblo esos tres años, pero sé que cuidaron de Matilde, que no le faltó nada. Hasta tenía dos criadas para atenderla a ella sola.

—Pero seguía encerrada —apunté.

—Bueno, sí. Cuando volví a visitar a don Carlos después de la guerra, Matilde seguía en su habitación.

—¡Tres años! El magnánimo, el generoso don Carlos —dije con burla.

—Vamos, niña, hay que ponerse en el lugar de ese hombre. Cada uno afronta la desgracia según su naturaleza y su circunstancia. Su nombre, su prestigio era muy importante para don Carlos. Su imagen de hombre recto, su honorabilidad... se lo había ganado con su trabajo y su desinterés, y tenía el respeto de todos los que le conocían. No podía exponerse a la vergüenza de enseñar a la sociedad a una de sus hijas con ese vicio, pero su bondad no le permitía hacer nada que dañase a la joven. Jamás la pegó ni le profirió insultos.

—¡Estaría bueno! —exclamé.

El sacerdote hizo como si no me hubiese oído y siguió:

—Doña Carola se quedó en París, allí se casó y vivió durante muchos años, todavía conserva un piso en el centro. Matilde deseaba conocer mundo, desde niña era lo que más deseaba. Siempre le estaba pidiendo a su padre que le dejase viajar y don Carlos, que en el fondo era un padrazo, le concedió su deseo.

Matilde se embarcó en un crucero, según me contó su padre, ilusionada como un niño con un juguete nuevo. Pero esa criatura parecía abocada a la desgracia. Sobrevino una tempestad y el barco colisionó contra un carguero y se hundió en el Mediterráneo.

Don Bernardo suspiró apenado como si lo que contaba acabase de ocurrir. Bebió un sorbo de cerveza y continuó:

—Fue una horrible desgracia, murieron docenas de pasajeros y jamás se pudo recuperar su cuerpo. Don Carlos nunca se repuso de su pena. Dejó de organizar sus famosas monterías y no volvió a celebrar las reuniones filosóficas y culturales que, en otro tiempo, llenaban el salón de esta casa de temas transcendentes y de las que salían proyectos y decisiones muy importantes para la vida política de aquellos años. El pobre caballero se quedó solo en este caserón hasta su muerte.

—Pero esa historia no es la realidad —dijo Amadeo con voz grave—. Matilde no murió en ese accidente, murió aquí sola, encadenada, acodada en el balcón.

Don Bernardo le miró con tristeza.

—Sí, eso es lo que me desconcierta. Nunca nos planteamos... nadie en el pueblo puso en duda... En fin, que no tenemos una explicación para lo que ha ocurrido. Sin embargo, según los papeles que escribió Matilde...

—¿Los papeles del diario de tía Matilde? —preguntó Francisco, y su manera de aceptar la pertenencia a la familia de aquella pobre mujer me emocionó.

—Sí, Linares se los dio a mi sobrina Teresa para que los ordenara. Mi sobrina está conmigo, de vacaciones en el pueblo. Es abogada y psicóloga y trabaja en Madrid, en el juzgado. Ha redactado para la Guardia Civil la versión que se desprende de esos apuntes y... bueno, es increíble.

—¿Qué tiene de increíble? —preguntó Francisco.

—Según esos papeles, don Carlos habilitó aquella habitación en la galería del depósito de cadáveres del cementerio. Él ya había utilizado esa galería, que estaba en desuso desde después de la guerra, comunicándola con una puerta desde el invernadero, para salir al cementerio a rezar en la tumba de su mujer, que es la primera lápida bajo el mirador.

—Con la que me partí la rodilla.

—Sí —contestó Amadeo—. La maleza está tan alta que no se ve.

—Después cerró con rejas y cristales la puerta por la que salía al cementerio y la convirtió en un balcón —continuó el cura—. Luego llevó allí esos muebles y encadenó a Matilde a la pared para que no escapase. ¡Dios mío! —dijo para sí—. Conociendo a don Carlos, es increíble. Debió de sufrir mucho al tener que tomar esa decisión.

Nos quedamos en silencio mientras el patético recuerdo de aquella habitación llenaba nuestro ánimo.

—¿Y el queso y las nueces? —preguntó de pronto Francisco—. ¿Quién le llevaba la comida?

—En sus escritos, Matilde agradece a su padre la comida que le lleva cada día personalmente. Ella le suplica que la deje salir. En varias ocasiones le pide que le corte la mano izquierda para que no tenga que avergonzarse de ella, pero que la deje ver algo diferente a ese jardín de cruces.

Sentí un escalofrío. ¿Hasta dónde había sufrido aquella pobre mujer? ¿Cómo se podía llegar a esa situación por mantener una estúpida superstición?

—Mi sobrina dice —continuaba don Bernardo con voz entrecortada por los flatos que le producía la cerveza—, que es probable que don Carlos ni siquiera le hablase, probablemente se limitaba a dejarle la comida sobre la mesa y salir porque Matilde se queja en su diario del hermetismo de su padre. Teresa opina que todos esos pensamientos, esas súplicas se las dirige desde su soledad, a través de sus escritos. Debía estar ya muy desequilibrada, la pobrecilla. Hay cartas dirigidas a su madre, a su hermana, a su mano izquierda, a la luna, a los búhos...

—¿Y por qué murió?

—Si nadie sabía la existencia de esa habitación...

—Pero podría haber gritado —insistía Francisco.

El cura hizo un gesto amplio con la mano. Suspiró, se enderezó en la butaca de mimbre y consultó su reloj.

—Don Carlos murió de repente, de un ataque al corazón. Se quedó como dormido en la butaca de su despacho. Era verano y estaba solo. Solía dar vacaciones al único criado que tenía últimamente, para que pasara las fiestas con la familia. Todavía recuerdo cuando le encontraron aquella tarde de septiembre, después de la procesión del Cristo. La mujer del alcalde vino a traerle una bandeja de buñuelos y... Se armó mucho revuelo en el pueblo. Todos lloraban, se cerraron las tiendas, se colgaron crespones negros en los balcones... Se le hizo un funeral magnífico, asistieron grandes personalidades de la política y de la cultura, el obispo y el pueblo entero. Se decretaron tres días de luto y le enterramos bajo el altar de la capilla de Santa Cipriana.

—Aunque tía Matilde se hubiera desgañitado a gritar, nadie la habría oído.

—Y se dejó morir de hambre y de soledad mirando el camino de ninguna parte —terminó Amadeo.

Francisco miró a su primo sin decir nada y luego dirigió sus ojos a la estirada figura de su hermano. Carlos, sentado en el escalón de entrada a la casa, tenía la mirada perdida en la línea roja que dibujaba el sol detrás de los pinos.

Después de un rato, el primogénito de la nueva generación de los García-Eguilaz miró al cura y casi sin voz, preguntó:

—¿Sabe todo eso la abuela?

—Ahora sí —contestó don Bernardo—. A eso he venido esta tarde.

—¿Qué harán ahora con el cadáver? —preguntó Francisco.

—Supongo que cuando terminen con las investigaciones habrá que enterrarlo.

—¿Dónde?

—Pues la tumba familiar está en este cementerio. En todo caso, será doña Carola quien decida...

En aquel momento llegaba el cura joven andando deprisa, como dando saltitos. Venía alegre y su juventud no le permitía cambiar de tono tan rápidamente.

—Vamos, don Bernardo. Qué ya es hora de volver al nido.

Aquel sábado, muy temprano, Carlota llamó a su madre y le contó llorando, como sólo ella podía hacerlo, lo que le había ocurrido la tarde anterior. La señora se presentó antes de la comida. Traía un deportivo rojo y muy mal humor.

—Esta movida del mes de verano se va a acabar. Ya estoy hasta las narices de este juego que distorsiona todos los planes. Me da igual quien se enfade y la cara que ponga tu padre —le dijo a su hija.

Gruñendo y refunfuñando, la madre de Amadeo y Carlota movilizó a Petra, recogió las cosas de sus hijos y las cargó de cualquier manera en el coche. Después se dirigió a Justina y pidió:

—Dígale a la señora que no puedo entretenerme. Ya la llamaré cuando tenga un rato o, si no, ya vendrá Juan a hablar con ella. Ahora me llevo a mis hijos.

Y como no veía al chico por ningún sitio, preguntó.

—¿Dónde está Amadeo?

—Yo le buscaré —dije con un nudo en la garganta.

Amadeo estaba en el cenador con Berto. El hijo de la cocinera hacía aquellos ejercicios de respiración soplante que le guiaba su amigo cada mañana.

—Está tu madre —anuncié.

—¿Mi madre?

—Carlota la llamó esta mañana. Quiere que vayas, ya lo tiene todo cargado en el coche.

Amadeo tardó un momento en comprender que aquel julio acababa en ese momento para él. Me miró con tristeza, se volvió a Berto y le habló en voz baja. Fueron apenas unas palabras, pero ellos no necesitaban más para comunicarse. Luego le abrazó con cuidado, con la mirada fija le colocó bien el cuello de la camiseta, como si aquello fuese lo más importante del mundo, se giró, levantó la cabeza con rabia y exclamó:

—¡Maldita sea!

Y me costó trabajo alcanzarle. No pronunció una sola palabra frente a su madre, ni siquiera comprobó que sus cosas estaban en el coche. Besó a Petra en su cara ensombrecida y se volvió a mí para hablarme en voz baja.

—Casandra, tengo que pedirte un favor ¿Te gusta Berto?

—Sí.

—¿Le quieres?

—Claro —contesté un poco desconcertada por su pregunta y porque era la primera vez que me lo preguntaba a mí misma.

—¿Me ayudarás a cuidar de él?

Asentí, porque el nudo de mi garganta no me dejaba hablar.

Me besó con suavidad, me miró con sus ojos de fuego, me acarició el pelo y dijo:

—Dale a Petra tu teléfono y tu mail. Ella tiene todos los números y las direcciones, es nuestra central durante el invierno. Te llamaré.

Y no pude decir nada cuando vi alejarse el coche por el camino ni cuando desapareció tras la cancela de San Carlos. Sólo sentí mi cara húmeda cuando descubrí la delgada imagen de Berto recostada en la esquina del garaje, mirando con los ojos perdidos en el horizonte mientras Romulón descargaba sobre él su colección de insultos.

XII. La Noche Escondida

El domingo, después del desayuno presidido por el silencio de Justina, Carlos se acercó a mí muy tieso, y casi sin mirarme y con la voz en garganta dijo:

—Felipe te dijo siete días, ¿no? Tengo que bajarte a la farmacia para que te quiten las grapas.

No me habló durante el camino. Su gesto era muy distante. Pasaba por delante de los vecinos del pueblo sin mirarlos, como si no existiesen. Tres mujeres vestidas de domingo, se pararon frente al coche una de las veces que Carlos tuvo que dejar pasar a un grupo que se dirigía a la Iglesia, pero ni siquiera pareció darse cuenta. Sus carísimas gafas de sol escondían su mirada, pero la línea apretada de su boca acusaba su orgullo.

Me dejó frente a la farmacia.

—Te espero aquí —dijo, y subió los cristales oscuros del coche de doña Carola.

El farmacéutico comprobó que mi herida estaba casi curada y me sacó las grapas que me había puesto el domingo anterior sin ningún esfuerzo.

—Esto ya está —dijo, y añadió antes de que me bajase de la camilla—. ¿Cómo está doña Carola?

—Bien.

—Pero... estará muy preocupada, ¿no? Menudo disgusto... y qué resbalón. Tanto tiempo pensando que era un santo, tanto prestigio y tanta dignidad para luego... ¡Ja, ja, ja! Ese sí que tenía un esqueleto en un armario.

Me bajé de un salto sin contestarle y me subí al coche que me esperaba en la puerta.

—¿Ya? —preguntó Carlos.

—Vámonos.

El paso por las calles del pueblo no fue más agradable. Algunos vecinos hacían gestos y los más comedidos se limitaban a mirar con curiosidad.

—¿Te das cuenta de lo que has hecho? —me dijo Carlos cuando ya enfilábamos la cuesta que llegaba a San Carlos.

—¿Qué he hecho? Yo no he matado a tu tía Matilde.

—Podías haberlo dejado todo como estaba. Después de tantos años, ¿a quién le importa?

—¿Qué tenía que haber hecho? ¿Dejar ese pobre esqueleto asomado al balcón para siempre? Todo por guardar la sagrada memoria de un hombre capaz de encerrar a su hija hasta la muerte.

Carlos detuvo el coche antes de llegar al final de la cuesta.

—Y tú, ¿cómo te atreves a juzgarle?

—Porque sé lo que está bien y lo que está mal. No podría reverenciar como un santo a un hombre que martiriza a su hija por ser zurda.

—En la época de mi bisabuelo, la mano izquierda era la mano maldita, la mano del diablo.

—Creí que tu bisabuelo era un hombre inteligente.

Carlos me miró muy alterado.

—Tú no entiendes nada. No voy a perder el tiempo discutiendo con una niña malcriada. No sabes los sacrificios que hay que hacer para conservar la dignidad y el honor.

—¿Qué dignidad? ¿La de usar la mano derecha?

Carlos accionó la palanca de marchas con violencia y arrancó el coche de golpe haciendo patinar las ruedas en la arena.

Cuando entramos en San Carlos comprobé que ocurría algo extraño. Un enorme *Mercedes* negro ocupaba el centro del jardín. Un chofer uniformado esperaba de pié junto a la puerta.

—¿Quién ha venido? —pregunté asustada a Petra, que se limpiaba las manos en su delantal gris apoyada en el quicio de la puerta.

—Don Carlos.

—¿No estaba muerto?

Petra sonrió a pesar del temblor que agitaba sus labios.

—Don Carlos, el padre de Francisco.

Y entonces comprendí.

—Se lleva a los chicos.

—Sí —respondió Petra con un escalofrío—. Este año julio acaba antes de tiempo y sin la Noche Escondida.

—¿La Noche Escondida?

—Es algo que hacemos desde niños. La penúltima noche de julio, antes de la mañana en la que los hijos de doña Carola se llevan a sus hijos, la señora nos deja organizar una fiesta en el jardín. Adornamos el cenador con farolillos de colores y preparamos emparedados y frutos secos, patatas, fritos... y hacemos pasteles y helados y una sangría con cola y frutas. Ponemos música...

—Y bailáis hasta que amanece —terminé.

—No, hasta que amanece no. Sólo hasta las tres. A las tres empieza la Noche Escondida.

—Explícame eso, Petra.

—Lo inventó Amadeo cuando éramos niños. Fue un verano en el que los chicos habían tenido muchas peleas tapadas.

—¿Tapadas?

—Ya conoces las reglas. No se puede pelear, ni pegarse, ni discutir... pero a veces se enfadan y se hacen faenas sin que la abuela lo note. Ocurría mucho más antes, cuando eran más pequeños.

—Ya.

—Amadeo pensó que era horrible guardarse el mal genio todo el año y llevarse a casa todo aquello que te gustaría haber dicho antes de salir, sobre todo teniendo en cuenta que al año siguiente tenían que convivir de nuevo. Propuso que, como despedida, a las tres de la madrugada se interrumpiese la fiesta, se apagasen las luces y a tientas, cada uno buscase a quien quisiera decir lo que sentía y en voz baja, sin que los demás se enteren, decirle lo que te quema en el alma. Según las reglas, el que escucha no puede protestar ni enfadarse, sólo puede contestar con la misma calma y en voz baja.

—Parece muy divertido —comenté.

—Es más que eso —dijo Petra—, es muy emocionante. Cuando se interrumpe la música, el silencio te pone hormigas en la sangre. Se apagan las luces y te mueves despacio buscando a tu víctima o esperas el roce de las manos que te buscan, que te tocan la cara para identificarte y luego sientes en el cuello el aliento del que se acerca y las palabras, casi sin sonido, que te entran directas al corazón.

—¿Y qué se dicen?

—Se piden perdón por una faena o se insultan por algo que se han hecho. Los primeros años era así, ahora... se sueltan un sarcasmo o una frase grosera o... se dicen que se quieren o... se besan. Se trata de acabar el mes sin rencor y guardar un buen recuerdo, pero a veces todo eso se cambia por la tristeza.

—¿Sólo participan los nietos de doña Carola?

—Al principio sí, luego Amadeo nos incluyó a Berto y a mí. Seguro que este año tú también lo hubieras pasado bien, pero ya se van todos. Este verano no habrá Noche Escondida cuando el reloj marque las tres del día treinta y uno.

—¿Y por qué las tres?

—Una por el equilibrio, dos por la armonía y tres por el amor. Ya sabes, cosas de Amadeo.

Guardé silencio. Podía imaginar los crueles reproches y los pequeños secretos cambiados entre los primos y las emocionadas palabras de Francisco que Petra esperaba sin duda en aquella noche de los suaves roces, una pequeña ceremonia que ya no se celebraría por mi afán de meterme donde no me llaman.

—Lo siento —dije apenada.

Petra me sonrió lo mejor que pudo.

—No es culpa tuya. Las cosas son como son y no vale darle vueltas.

Pero casi podía oír el latido de su corazón cuando Francisco apareció por la puerta de la casa con la funda del ordenador en una mano y una gruesa carpeta en la otra. El chofer lo metió todo en el maletero y Francisco se volvió hacia donde estábamos Petra y yo. Se acercó despacio con su figura desgarbada y su paso un poco torcido. Nunca le había visto a esa distancia, siempre estaría en mi recuerdo sentado frente a la pantalla, con sus gafas de concha y su aire distraído.

—Nos vamos —dijo.

Me aparté un poco para que pudiera despedirse de Petra a sus anchas. La chica, con la cabeza muy alta y la boca apretada aparentaba entereza. Francisco le hablaba como si discutiese con ella uno de aquellos farragosos temas que tanto les gustaba deshojar en el torreón mientras chirriaba la veleta y las estrellas moteaban la noche. Y estuvieron hablando hasta que la madre de Francisco hubo acomodado al pequeño Lucas en su silla de viaje y Carlos, sentado junto al chofer, hubo dispuesto su engreída figura para atravesar el pueblo. La madre, muy contrariada, le llamó a distancia.

Francisco reaccionó sin prisa, besó a Petra en ambas mejillas, y, sin soltarle la mano, avanzó hasta que no pudo mantener el contacto de los dedos. Cuando ya se había alejado un par de metros, se acordó de mí. Volvió la cara para mirarme y sin dejar de andar, casi gritó:

—Adiós, Casandra. Ha sido muy emocionante, el verano más apasionante. Alguno de nosotros debería escribir todo esto y tú eres la más apropiada. Si lo haces, envíamelo. Me encantará leerlo.

Cuando el coche estuvo al otro lado de la verja de San Carlos, Petra dio la vuelta y se perdió en la olorosa penumbra de la cocina.

El comedor estaba vació. Ni siquiera habían puesto la mesa. Comprobé mi reloj, sí, era la hora de la comida.

—Casandra —me sobresaltó Justina—. No merece la pena poner la mesa para ti sola. Pasa a comer a la cocina.

Me lo había dicho despacio, recreándose en lo que parecía un castigo pero que en realidad se convirtió en un premio. La comida en la vieja mesa junto a la despensa, un poco más tarde pero junto a Petra y Berto, era mucho más agradable que la estirada rigidez del comedor. Hablamos de los nietos de doña Carola, de las costumbres, de la comida, de la Noche Escondida...

—Sí, es una lástima —comentó Berto—. Amadeo tenía ya elegida la música para la fiesta, Vivaldi, y quería que todos nos vistiésemos de blanco para hacer reverberar la luz de la luna, como ocurrió con las cintas del año pasado, ¿recuerdas?

—Cómo olvidarlo —respondió Petra con aire ausente.

Para animarles les hablé del cabás que había encontrado en el fondo del armario de mi habitación.

—Tienes dotes de Sherlock Holmes —bromeó Berto.

Y después de la comida, sin horario ni silencio, subimos despacio para que no se fatigase el hijo de la cocinera, hasta mi cuarto donde ensamblamos conmovidos el pequeño mundo de Matilde García-Eguilaz.

Aquella tarde y los tres días que quedaban del mes de julio los pasé jugando con Carlitos, ayudando a Petra y charlando con Berto. Doña Carola no salía de su habitación si no era para llegar, arrastrando los pies, hasta el despacho donde se pasaba las horas haciendo sonar las llaves y abriendo y cerrando cajones y alacenas. Comía en su cuarto y no se asomaba al jardín por miedo a ser vista por alguno de aquellos grupos de vecinos del pueblo y de los alrededores, que se apostaban a lo largo de la verja tratando de ver algo distinto.

El cura joven había mandado desbrozar el cementerio viejo y, desde el balcón del torreón, se distinguían, vencida la tarde, las sombras alargadas de las pocas cruces que quedaban en pie y la silueta en equilibrio de la pared frontal de la ermita, que se escondía avergonzada tras el escuálido ciprés. Justina había encargado a Berto poner un candado en la puerta de la galería ciega y se santiguaba cada vez que pasaba por delante del invernadero. Lina, sin tener que invertir tantas horas en la cocina, había empezado una limpieza general de la despensa que tenía a Petra abrumada de encargos. Berto iba despacio de acá para allá regando los setos, seleccionando semillas en sobrecitos, cortando las ramas bajas que el sol iba secando en los pinos...

Mamá me llamó el día treinta para decirme la hora a la que llegarían el día siguiente. Le di el recado a Nani y preparé mi maleta. Se acababa mi verano en San Carlos, un verano que había empezado sin ningún interés y que ahora me era muy difícil de despedir.

La ultima tarde, cuando las golondrinas observaban caer sol desde el hilo del teléfono y las primeras mariposas de noche buscaban la luz amarilla del porche, oí de lejos la desagradable voz de Romulón que recitaba su letanía de insultos. Me acerqué despacio, seguro que Berto no andaba lejos. Le descubrí en el cobertizo, levantando las bicicletas sobre unas cuñas para evitar que las ruedas estuviesen en contacto con el suelo todo el año y cubriéndolas con una lona.

—¿Qué te pasa, Casandra? —preguntó al ver mi cara.

—Me voy mañana.

No dijo nada y siguió con su tarea.

—Si hubiese asistido a la Noche Escondida, te habría pedido perdón.

Levantó sus ojos azules, que se veían enormes en su cara, y preguntó:

—¿Por qué?

—Por aquello que dije de la casa.

—¿Qué?

—Dije que la casa parecía un hospital.

—Y tienes toda la razón. Lo mejor de esta casa es la comida y el aire y gracias a eso estoy vivo. ¿Dónde podría encontrar algo igual y sin pagar nada?

—Pero tú trabajas.

—Lo que yo hago aquí lo puede hacer cualquiera. No tengo horario ni nadie me mete prisa. Si un día me quedo en la cama no pasa nada. Es una suerte para mí. ¿Qué más podía pedir?

—¿No te gustaría seguir estudiando y moverte por el mundo?

—Claro, pero no está a mi alcance.

—¿No te sientes desgraciado?

Se sentó a mi lado en el banco de piedra fuera del cobertizo. Las gruesas palabras de Romulón arreciaron.

—¡Cállate! —le grité, y el hermano de Petra se calló en seco y se metió en su garita.

—¡Qué energía! —rió Berto.

—¿De verdad te sientes bien? ¿No te rebelas contra tu suerte? Vamos, no me digas que no te sientes mal cuando ves a chicos como Enrique o Carolina, que tienen todas las posibilidades para hacer lo que quieran en la vida y no lo valoran.

Berto se encogió de hombros.

—No lo valoran porque nunca les ha faltado, no tienen culpa, es sólo falta de experiencia. Me gustaría estudiar botánica, dedicarme a las plantas, investigar, visitar lugares desconocidos en busca de flores sin nombre... ¿Cuanto tiempo tendría que invertir? ¿Cuánto tiempo me queda? No puedo gastar tanto tiempo y tanto dinero en algo que no va a aprovechar nadie. ¿De qué me serviría rebelarme? No puedo cambiar mi destino. No puedo borrar mi enfermedad, nadie puede hacerlo, aunque Deo tiene muchos proyectos y quiere intentarlo —dijo con una sonrisa—. Y no está tan mal. Tengo una madre que se desvive por mí. Es una gran cocinera, podía estar trabajando en un sitio mejor y mejor pagada, pero aquí he podido estudiar gratis en la Fundación de don Carlos, he tenido buenos médicos y no me falta nada gracias a doña Carola.

Su voz cobró un ligero temblor, me miró con cariño y dijo:

—Tengo a Petra, que es casi una hermana y a Deo, que es mucho más que un amigo y... —recogió con su dedo una lágrima que escapaba por mi barbilla y continuó—: hay una chica preciosa que llora por mí.

Ya no pude contener la tristeza que me llenaba el pecho desde la mañana y empecé a llorar con desconsuelo, dejando que la angustia, el miedo y la pena que había almacenado todos aquellos días corrieran por mi cara empapando la camisa de Berto y desahogando el nudo que no me había dejado tomar ni un solo bocado de las deliciosas croquetas de gambas que había preparado Lina.

—La vida no es algo por conseguir, Casandra. Yo soy feliz con el color del cielo, con la música que me ha grabado Francisco y que puedo oír mientras vigilo las plantas, con las ideas tajantes de Petra, con la melancolía de las tardes, con los libros que me deja Deo... y este invierno seré feliz esperando el mes de julio. Se disfruta mientras se preparan las cosas, mientras se esperan los mil pequeños detalles de cada día. Cuando no se espera un futuro se aprende a valorar cada minuto del presente y es fantástico.

Me apartó el pelo de la cara y, sonriendo, añadió:

—Y este año Petra y yo tenemos una distracción extra. Podemos colarnos en la galería del cementerio y visitar tu figura azul.

—Pobre mujer —dije todavía muy ahogada—. Cuanto sufrimiento, cuantas veces correría desesperada tras su padre por esa galería hasta notar el tirón de la cadena que la amarraba a su destino. Cuanta desesperación, cuanta angustia hace falta para dejar colgada su energía a unos metros de la única salida, una puerta que se cerraba cada día, aplazando su esperanza, convirtiendo un día más en una eternidad...

Berto me abrazó y me mantuvo sobre su silbante pecho hasta que mi tristeza se fue colando con el sol detrás de los pinos, las golondrinas emprendieron el regreso a sus rincones de barro y los murciélagos se asomaron bajo las tejas, presagiando la caza de aquella noche que se presentaba tan caliente como mi aliento.

XIII. La voz

Había pasado la mañana ayudando a Petra a recoger y cerrar el torreón. Bajamos algunos libros que ella deseaba tener cerca y el portátil de Francisco, que pensé que había olvidado con las prisas con las que aquel año había terminado el verano.

—Lo ha dejado para mí —me aclaró Petra—. Le dirá a su madre que necesita otro más moderno y su madre se lo comprará enseguida. Es una mujer muy dulce y cariñosa y Francisco es su ojito derecho.

—Pero yo le vi salir con la funda.

—Vacía. No quería que su hermano o su padre le hiciesen volver para recogerlo. Ese tema es sólo entre su madre y él.

—¿Sabe su madre que te lo deja a ti?

Petra se encogió de hombros.

—Francisco se lo dirá, no tiene secretos para su madre y a ella le parecerá bien. Sabes —añadió resuelta—: para ellos comprar otro ordenador no tiene importancia, para Berto y para mí, con un invierno por delante, es un mundo.

El coche de Hugo entró en el jardín de San Carlos como una cuchillada. Mi madre, sonriente y feliz, miró a todos lados intentando descubrirme. Desde el cenador, donde me había refugiado de mi inquietud, vi también la esbelta figura de Hugo que enlazó a mi madre por la cintura y la metió en la casa. Pasó más de media hora antes de que Petra, jadeante, me viniera a buscar.

Entré despacio en la habitación de doña Carola respirando hondo, intentando tranquilizarme. No sabía lo que aquella señora les podía haber contado a mi madre y a Hugo y tampoco estaba segura de cómo me recibirían.

La abuela, recostada en la cama con una colcha de seda tapando sus piernas, tenía la cara hinchada y los ojos enrojecidos. A los lados de la cama se apilaban las carpetas y los archivadores. Sobre sus rodillas, un amarillento álbum de fotos dejaba ver una de sus ventanas de recuerdos.

—¡Casandra! —exclamó mi madre mientras me abrazaba.

Sus brazos y su sonrisa no dejaban lugar a dudas. No estaba enfadada conmigo.

—¿No tienes nada que contar a tu madre? —preguntó doña Carola con severidad.

—Sí, claro. Lo he pasado muy bien. Los sobrinos de Hugo son estupendos, algunos, este sitio es precioso y la comida es extraordinaria.

La señora me miró desconcertada. Pero yo no mentía.

—Sabía que iba a ser una buena experiencia para ti —comentó mi madre.

Hugo pasó su brazo por mis hombros y dijo:

—Ven conmigo, vamos a pedir a Nani que traiga a Carlitos para que se despida de la abuela.

Y mientras mi hermanito estaba en el cuarto de la señora, tirando de su collar y enseñando a mamá todo lo que había a su alrededor, Hugo se sentó en la butaca de mimbre de su madre, en el porche y me pidió:

—Cuéntame que ha pasado.

Le conté todo desde el principio, mi aburrimiento, mis paseos por la casa, la visión del ectoplasma, la galería, la habitación... Hugo me escuchó sin interrumpirme hasta el final y entonces dijo:

—Enséñame la rodilla.

—Está bien. Ya no me duele.

—Te quedará una pequeña cicatriz.

—No me importa. Será un buen recuerdo.

—Se atenúan bastante con el agua del mar. En un par de días estaremos en la playa.

Me aferré a su cuello y le dije al oído:

—Siento mucho haber causado tanto problema. No era mi intención hacer sufrir a nadie, yo sólo hice lo que creí que tenía que hacer.

—¿Por qué no me llamaste?

—No quería interrumpir vuestro viaje. Al fin y al cabo no pasaba nada grave. Nadie tenía urgencia y no pensé que fuera a afectar tanto a doña Carola.

—No te preocupes, Casandra. Estas cosas siempre alteran el ritmo de una familia. El descubrimiento de un esqueleto en una casa antigua no es nada extraordinario. Cuando se demuelen o se hacen reformas, muchas veces tropezamos con pequeños tesoros o con sorpresas desagradables como ésta. Aquí el problema no es el cadáver de tía Matilde, pobre mujer, no hay investigaciones, acusaciones ni sospechosos. El problema es la imagen de mi abuelo, que de estar en un pedestal, casi como un santo, pasa a ser, a ojos de los mismos que tanto le respetaban, un hombre cruel y despiadado. Tan exagerada es una opinión como la otra. No era un santo, pero era un gran hombre de su tiempo. Su actuación con su hija tiene un componente de trastorno mental. El abuelo no se repuso jamás de la muerte de su mujer y no pudo soportar la carga que para él, en aquellos tiempos, suponía una hija zurda.

—Sí —respondí—, pero la abuela...

—Mi madre ha vivido siempre apoyada en el recuerdo y el prestigio de su padre. Se ha sentido siempre muy importante no por haber sacado adelante una familia casi sin ayuda, que es su verdadero mérito, sino por el nombre y las obras de su padre. Ahora ha perdido ese apoyo y además está furiosa contra él. Ella adoraba a su hermana, guarda sus vestidos de niña y los juguetes que compartían como reliquias. Sufrió una enorme depresión cuando la creyó muerta en aquel horrible accidente. Ella estaba en París y sólo viajó para asistir al funeral que se hizo en la parroquia. Volvió a casa muy dolida por no poder quedarse junto a su padre, que parecía estar destrozado. Y ahora, la admiración por su padre se está volviendo rencor por el hombre que la mintió y martirizó a su hermana.

Entonces recordé el cabás. Subí a mi habitación, que ya estaba fregando Petra para cerrar, y cogí el cabás de su escondite bajo los cajones.

—¿Qué vas a hacer?

—Se lo voy a dar a doña Carola. No sólo sufre por la fama de su padre, sufre sobre todo por el horror que vivió su hermana.

Saqué mi camiseta con los restos del jarrón roto y se los di a Petra.

—¿Dónde puedo tirar esto sin que se entere nadie?

—¿Qué es?

Y le conté la manera en que había descubierto aquella maletita barnizada.

—Ese maldito cacharro me la tenía jurada —comenté—. Desde el primer momento me molestó, era sólo un jarroncito más de los muchos que hay por todos los rincones de esta casa, pero parecía tenerme manía.

—Tal vez quería decirte algo —aventuró Petra pensativa.

Recorrí con la mirada la habitación que había sido la primera cárcel de Matilde. Probablemente, con algo más de tiempo, hubiera podido llegar a ver el ectoplasma de la pequeña zurda con la mano envuelta en gasa, sentada sobre la cama o atisbando por el balcón sus sueños de lejanía.

—Ya te vas —aseguró la chica con pena.

La abracé fuerte y prometí:

—Nos volveremos a ver. Puedo venir por aquí a visitarte. Le diré a Hugo que me traiga.

—¿De verdad? ¿No está enfadado?

—No.

—Siempre ha sido el mejor —dijo Petra con una sonrisa apenas dibujada.

Y cuando ya corría por aquel pasillo de los armarios, los taquillones y los macetones de plumeros, que olía a detergente y a polvo, Petra gritó:

—¡Te escribiré!

Después de contarle la procedencia de aquel pequeño tesoro, doña Carola abrió el cabás con manos temblorosas. Repasó cada foto, cada cinta, cada hoja... y luego, con lágrimas en los ojos dijo:

—Gracias, Casandra.

Y se quedó paseando los dedos por la eme grabada en la tapa y sus palabras por sus viejos recuerdos hasta que Hugo decidió que era el momento de salir si queríamos llegar a Madrid a tiempo de la hora de comer de Carlitos.

Me despedí de Justina, a quien parecía dolerle el agacharse un poco para darme un beso frío y distante que no deseaba dar, pero que se vio obligada cuando le acerqué la cara. Lina en cambio, me pegó dos sonoros besos mientras me deseaba buen viaje, suerte en mis estudios y que siguiera tan guapa... y mil cosas más.

No pude encontrar a Berto. Ya me había despedido de él la noche anterior, cuando estuvimos paseando abrazados por el pinar, hablando de imposibles hasta casi la madrugada, pero deseaba recomendarle una vez más los mil cuidados que le había oído repetir a Amadeo tantas veces durante aquel mes.

—Se ha escondido —me aclaró Petra que, aunque ya nos habíamos despedido, me seguía de un lado a otro—. Está muy melancólico desde esta mañana. A mediodía llamaré a Amadeo para que le dé un toque.

Cuando, después de todas los adioses, abrí la puerta del coche para sentarme junto a Carlitos que palmoteaba feliz con el peluche que le había traído mamá de El Cairo, oí aquella voz quebrada, profunda, lejana... que cantaba doce horas rotas.

—¿De dónde salen esas campanadas? —pregunté a Hugo—. Las llevo oyendo todo el mes.

—Es el reloj de la ermita. Tiene la campana de las horas rajada y produce un sonido un tanto extraño. ¿Verdad?

—¿Dónde está ese reloj?

—En la única torre que le queda en pie, si es que aún está ahí.

—¿En el cementerio viejo? ¿Detrás del ciprés?

—Sí, justo, ahí detrás.

Me subí al coche y, mientras apartaba de mi cara el trasero de aquel oso gordo con cara de faraón, pregunté:

—¿Es eléctrico?

—¿Quién, el oso?

—No, el reloj de la ermita.

Hugo rió de buena gana.

—No, ¿cómo va a ser eléctrico? Tiene casi doscientos años.

—¿Se puede subir hasta él?

—Imposible —afirmó Hugo mientras arrancaba el coche—. La pared está muy endeble y ya no quedan escaleras ni forma humana de llegar.

—Entonces... ¿quién le da cuerda?

Hugo me miró por el retrovisor y su sonrisa se heló por un momento.

—No lo sé.

Y entonces recordé la obsesión escrita tantas veces en los papeles de Matilde García-Eguilaz:

«Nunca dejarán de oír mi voz.
Nunca podrán olvidar mi lamento.»

Y un escalofrío estremeció mi cuerpo hasta que la mano babosa de Carlitos me embadurnó el brazo para pedirme patatas.

—Sasanda, mame tatatas.

El mes de agosto lo pasé en la playa. Esperaba divertirme mucho y encontrarme con mis amigos del año anterior con los que estaba segura que lo pasaría bien, pero algo había cambiado en mi carácter. Todos decían que estaba muy seria, aburrida, pero la verdad es que tenía San Carlos clavado en mi mente y no podía dejar de pensar en todo lo que había vivido allí. A distancia recordaba pequeños detalles, comentarios o gestos que me habían pasado desapercibidos en el momento en que se habían producido, pero que ahora cobraban importancia.

Llamé a Petra una mañana pero cogió el teléfono doña Carola con voz hosca y no quise molestarla.

—Lo siento, me he confundido —y colgué.

A partir de ese día, llamé a Amadeo un par de veces por semana para saber de Berto y para estar, de alguna manera, en contacto con aquel capítulo de mi vida que no acertaba a terminar. Amadeo se mostraba amable, interesado por lo que hacía. Comentaba conmigo cualquier noticia que recibía de la finca, aunque él tampoco podía llamar demasiado a San Carlos. En la casa sólo había un teléfono y lo controlaba la abuela.

—¿No podemos comunicar por mail? —le pregunté—. Francisco les dejó el ordenador.

—Lo sé —contestó Amadeo—. Pero la abuela sólo mantuvo la línea el mes de julio para él. Cuando nos marchamos la dio de baja.

—Entonces, ¿cómo sabes de Berto?

—Me escribe.

Así, a través de Amadeo, supe que habían enterrado el desgraciado cadáver de Matilde García-Eguilaz en la tumba de su madre, aquella lápida que fue su larga y última mirada. Había tenido lugar una de esas tardes de viento de mediados de agosto, en la que volaban las primeras hojas y se levantaban remolinos en la arena del cementerio recién segado. Fue una ceremonia sencilla, casi clandestina. Apenas habían acudido una docena de personas a despedirla: don Bernardo, don Mariano, el sargento Linares, un par de viejas vecinas... la depresión de doña Carola no le había permitido asistir, aunque había mandado decir una misa en el salón de su casa. En representación de la familia habían ido Amadeo y Francisco.

—Nos ofrecimos voluntarios —me aclaró Amadeo por teléfono—. Tendría que haber sido Carlos, pero no quería ver la cara a nadie del pueblo y nosotros aprovechamos la ocasión.

Y me describió a su manera, entre práctica y poética, la ceremonia del entierro.

—¿Has visto alguna vez las ilustraciones de los cancioneros alemanes del siglo dieciocho?

Y entonces Amadeo, enganchado por los conmovedores dibujos alemanes del romanticismo, se dejó llevar por sus conocimientos musicales y poéticos hasta la hora de plegar la sombrilla y volver al hotel.

Así, cada mañana esperaba poder librarme del vacío alboroto de mi pandilla de otros veranos para sentarme a leer, a pensar o a hablar con Amadeo. Y cada tarde paseaba a Carlitos en su silla por el paseo marítimo pensando, reviviendo, soñando imposibles... ajena a la excursión o la fiesta que programaban mis amigos a los que encontraba infantiles y aburridos. Fue un mes de sol y calma, un tiempo para organizar mi interior después de la vibración a la que me había sometido el mes anterior. Un verano diferente, sensible y revelador que recordaré toda mi vida teñido de temores, descubrimientos y nostalgias.

XIV. Epílogo. Cartas de Petra

Una tarde de octubre, al volver de la biblioteca, encontré sobre mi cama una carta de Petra:

«Querida Casandra, sé por Amadeo que estás bien y muy ilusionada con tus estudios y eso me alegra, eres muy inteligente y te mereces un futuro brillante. Sin embargo, nuestro futuro se presenta incierto.

El otoño ha revolucionado San Carlos. La señora no se encuentra bien en ningún lugar, hacía algún tiempo que vagaba de un lado a otro de la casa entre suspiros y palabras incoherentes, a veces rompía cosas o se sentaba a llorar en la escalera. Don Mariano la trata con antidepresivos, pero lo que más le aconsejaba era un cambio. La semana pasada tomó la decisión de trasladarse a vivir a París, donde conserva un piso. Esta decisión cambia nuestra vida porque doña Carola se lleva a mi madre con ella y deja en San Carlos a Lina y a Berto, para que cuiden la casa en su ausencia. Mi hermano también se queda, separarle de su puesto en la garita y de su perro sería matarle. A Nani le gustaría quedarse en vuestra casa y ocuparse de Carlitos, pero tiene que hablarlo con Hugo. En cuanto a mí... todavía no hay nada decidido. Mi madre quiere que me quede cerca de Romulón pero ya no soy necesaria en la casa, Lina se basta para llevarlo todo y mucho mejor si está sola, sin la supervisión de nadie. Yo no sé que hacer... No quiero irme a París con ellas, no podría estar tan lejos. Mi deseo sería trabajar y estudiar al mismo tiempo, pero no sé cómo hacerlo. En el pueblo es imposible. Francisco me está ayudando, pero no sé en qué quedará esta sacudida a nuestras vidas. Ya te contaré.

Berto te envía su cariño. Le gustaría escribirte pero no puede. No quiere abrir una puerta que tendrá que cerrar de portazo, eso dice, pero habla de ti constantemente, cuando habla, y lee y relee los libros que le envías. Amadeo le va a traer películas, música y un móvil para que el invierno le sea más agradable. Todos haremos lo que sea para que se encuentre bien.

Cuídate mucho, querida Casandra.

Un abrazo,

Petra.»

Antes de Navidad, Nani se trasladó a nuestra casa y se ocupó de Carlitos, lo que permitió a mamá dedicarse a su libro y a colaborar con sus trabajos en algunas revistas especializadas en arqueología.

Doña Carola salió con Justina a primeros de año con destino a París y sólo sabíamos de ella cuando Hugo llamaba los viernes por la tarde, antes de la hora en la que su madre se reunía con sus amigas para merendar.

En febrero, mientras pegaba unas orejitas de cartulina en un gorrito para hacerle a Carlitos un disfraz de gato, recibí otra carta de Petra.

«Querida Casandra: ¡Estoy tan contenta...! La madre de Francisco es un encanto. Me ha ofrecido trabajo en su casa, ayudando al pequeño Lucas con sus tareas y echándole una mano a ella como secretaria. No me pagará mucho, pero me permitirá estudiar por las mañanas. Viviré con ellos en el chalé y podré ver a Francisco todos los días. ¿No te dije que era estupenda?

Berto te envía su cariño y su recuerdo. Ahora se queda solo en San Carlos, pero es lo mejor para su salud. Está bien y te extraña por los setos, por el cenador, por el pinar... Escríbele.

Te quiere,

Petra.»

Mejor que escribirle, le pedí a Hugo que me llevase a San Carlos y volví a visitarle después, en Semana Santa.

Cuando Amadeo sacó su permiso de conducir, fuimos juntos casi todos los fines de semana y limpiamos la casa, quitamos los triángulos rojos y tiramos los cientos de flores muertas de todos los rincones. Sólo respetamos la habitación de doña Carola y el despacho.

Un fin de semana de primavera en el que nos acompañaron Petra y Francisco, ordenamos el torreón y, un mes después, el invernadero. La casa parecía más alegre, Lina canturreaba en la cocina y Romulón había pintado la garita de verde.

Y aquel mes de julio, sólo fuimos cinco los jóvenes que celebramos una Noche Escondida en el cenador de San Carlos entre farolillos de papel, música de Vivaldi, palabras sugerentes, roces presentidos...

Índice